OPÉRATION GROENLAND
ISMAËL KHELIFA

© 2017 Poulpe fictions

Poulpe Fictions, un département d'Édi8,

12, avenue d'Italie, 75013 Paris - www.poulpe-fictions.fr

Maquette : Manon Bucciarrelli

Corrections : Agnès Marot

Photographie de couverture © Johner Images/Getty Images

À Lola, poulpe avant le poulpe, dont les chatouilles nous manquent.

Loi n° 49-956 du 16 juillet 1949 sur les publications destinées à la jeunesse,
modifiée par la loi n° 2011-525 du 17 mai 2011.

ISBN 978-2-3774-2002-5 - Dépôt légal : juin 2017.

Opération GROENLAND

ISMAËL KHELIFA

Illustrations : Joëlle Passeron

À Élise, Sarah, Lucie et Rémi,
mes neveux adorés, qui ont bien voulu
m'aider à écrire ce livre.
À tous les enfants et adolescents
que j'ai accompagnés au bout du monde.
À Josée Rossi et monsieur Grillet (professeur de physique
au collège des Barattes, Annecy-le-Vieux).

CHAPITRE 1
L'APPEL DE L'AVENTURE

Debout devant la glace des toilettes, monsieur Cheval s'inspecte une dernière fois pour être sûr que tout est en ordre. Il observe le moindre détail. Pour cet ancien militaire, en ce jour si spécial, hors de question de ne pas être parfaitement présentable.

Poils de nez : épilés !

Barbe : rasée !

Cheveux : élagués !

Ici, un sourcil qui dépasse. Il sort un petit ciseau de sa trousse en cuir et le coupe. Clac ! Puis il passe un dernier coup de peigne dans sa chevelure poivre et sel coiffée en brosse, redresse ses lunettes à la monture

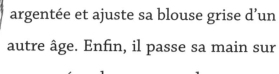

argentée et ajuste sa blouse grise d'un autre âge. Enfin, il passe sa main sur ses épaules pour rendre au vent d'éventuelles pellicules.

Voilà. Cette fois, monsieur Cheval est prêt !

Un calme olympien règne autour de lui. Comme chaque année, il est arrivé ici le premier, avec une bonne heure d'avance sur ses collègues. Les sifflements de l'homme de service résonnent encore dans les couloirs vides, tout proches. On entend aussi l'écho de ses clés qui ouvrent les salles les unes après les autres, puis le raclement des stores qu'il relève pour y faire entrer la lumière et l'air frais. Cheval se lance un dernier regard dans la glace. Ne manquent qu'un garde à vous et la Marseillaise. « *Cheval, les enfants ont besoin de toi ! C'est parti !* »

Il prend alors son cartable noir, qui ne l'a pas quitté depuis vingt ans, puis se tourne et quitte les toilettes, la tête haute, avec l'allure d'un super-héros en marche vers une mission de la plus haute importance. Pas le moindre sourire sur son visage. C'est sans doute pour cela qu'on le surnomme Rambo. Un groupe au nom évocateur a même vu le jour sur Facebook : « *Moi aussi, j'ai survécu à Rambo !* »

Mais comment être léger ? C'est la rentrée des classes ! Aucune date n'est plus importante dans la vie de monsieur Cheval. Depuis qu'il a commencé à enseigner les maths dans ce collège, il se sent investi d'une mission spéciale lorsque débute l'année scolaire. Qu'y a-t-il de plus essentiel que l'école ?

Quelques dizaines de minutes plus tard, des cris et des rires brisent le silence des lieux. Ça y est, les élèves débarquent ! Un brouhaha terrible se répand tel une traînée de poudre dans l'établissement. Les petits groupes s'agglutinent, bourdonnant comme des abeilles. Là, une fille marche fièrement avec son nouveau sac à dos rose fluo tandis que des garçons de troisième exhibent leurs téléphones portables dernier cri. Les élèves se pressent ensuite devant un grand tableau, au milieu de la cour. Des feuilles y sont collées. Elles indiquent le numéro de la classe et la salle où chacun doit se rendre pour ce premier jour, ce qui ne fait pas que des heureux... « Horrible ! C'est Cheval mon prof principal ! » se désole, terrifiée, une fille aux cheveux blonds. « Gaaaarde à vous ! » lui répondent deux garçons aux allures de clones : les mêmes joues boutonneuses et des casquettes vissées sur la tête.

Soudain, la sonnerie retentit. L'heure est venue de commencer les cours. Debout sur son estrade, les mains croisées dans le dos, monsieur Cheval attend, droit comme un i. La sonnerie résonne dans sa tête comme une musique militaire annonçant le début d'une grande bataille. Il aimerait tellement que les élèves marchent en rang, deux par deux, pour rejoindre leurs places, mais il n'en est rien : ils entrent dans la salle comme un troupeau de sangliers ravageant un champ de maïs. Le bruit des chaises qui crissent sur le carrelage, des crayons qui

s'entrechoquent dans les trousses et des cahiers flambant neufs jetés violemment sur les bureaux, sature l'atmosphère et les oreilles du prof de maths qui attend, silencieux. Le bruit finit par s'arrêter de lui même. Monsieur Cheval scanne la salle comme s'il avait deux radars à la place des yeux et, sans surprise, son regard perçant se fixe sur le premier rang, absolument vide.

— Jeunes gens, bienvenue, lance-t-il à l'assemblée. Avant de commencer, tous ceux qui sont au fond, vous passez devant. N'ayez crainte ! Contrairement à ce qui se dit, je ne mords pas ! Allez, on se dépêche.

Une dizaine d'élèves se déplacent en bougonnant et en traînant les pieds. Cheval regarde une dernière fois dans le couloir. Personne à l'horizon. Il respire un bon coup puis ferme la porte ; l'année peut commencer !

Sauf pour Yanis. Casquette blanche, jogging bleu à bandes jaune fluo, aux couleurs du club de foot de Chelsea, baskets noires aux pieds, il court à toutes jambes pour traverser la cour puis s'arrête devant le tableau pour repérer sa classe – 4ème 2, salle 123. Son visage se décompose à la vue du nom de son prof principal : monsieur Cheval ! Celui qui l'a fait redoubler l'an dernier. Yanis est persuadé qu'il le déteste. Le garçon rebrousserait bien chemin, mais un pion l'a vu. Il est bon pour un billet de retard. Le surveillant l'accompagne ensuite jusqu'à la salle de classe. La voix ferme et autoritaire de monsieur Cheval se fait entendre. « Entrez ! » Yanis passe la porte, tête baissée, comme s'il voulait se cacher dans son jogging.

— Monsieur Yanis Chedid ! En retard dès le premier jour. Eh bien, ça promet !

Le retardataire se dirige rapidement vers le fond de la classe, sans un mot.

— Non, non, non, monsieur Yanis Chedid. Il y a une jolie place, là, juste devant moi. Elle n'attend que vous. Et, évidemment, on enlève sa casquette, n'est-ce pas ?

Terrifiant, monsieur Cheval. Dans un conte pour enfants, il serait le méchant sorcier avec une verrue sur le nez, celui qui rigole fort, les yeux injectés de sang lorsqu'il jette un mauvais sort. Yanis enlève sa casquette et la range dans son sac. À côté de lui, une fille fait semblant d'écouter tout en dessinant, discrètement. Sur son cahier, une caricature de monsieur Cheval. *Quel courage*, se dit Yanis. *Elle n'a pas peur des représailles !* Le professeur principal est représenté avec des jambes immenses et des muscles énormes.

Sa blouse grise s'est transformée en cape. Sur son torse est gravé le S de Superman, et, évidemment, il a une tête... de cheval. Yanis laisse échapper un rire.

— Monsieur Chedid, silence ! On ne va pas commencer l'année par une colle quand même ?

Yanis se recroqueville dans le col de son sweat comme un crustacé dans sa coquille. Monsieur Cheval commence alors son discours de bienvenue. Comme

chaque année, le voici qui égrène
les mille et une règles qu'il
compte bien appliquer
dans son cours. Il parle de
respect des professeurs
ou de son aversion
pour les retards, puis,
cette mise au point terminée, il sort une enveloppe de
son cartable préhistorique et se plante au milieu de
l'estrade.

— Avant de démarrer notre programme, annonce-
t-il d'un ton martial, monsieur le principal m'a demandé de vous parler d'un voyage très particulier qui vous
est proposé cette année. Il se déroulera en partenariat
avec la Fondation pour la Terre, une association de
protection de la planète. Cette initiative découle de la
volonté assumée du collège Frison-Roche de soutenir
les démarches d'écologie et de développement durable.
Voici donc l'annonce rédigée par la Fondation. Je vous
prie d'écouter attentivement.

Monsieur Cheval remonte ses lunettes. Il déplie le courrier, se racle la gorge et énonce d'une voix forte et claire :

« *La Fondation pour la Terre recherche quatre adolescents, deux filles et deux garçons, pour l'accompagner dans ses missions de préservation de la planète.*

Objectifs :

• partir à la découverte de territoires lointains,

• chercher, étudier et protéger des animaux sauvages,

• comprendre notre planète puis partager leurs connaissances avec les adolescents de leur âge.

Attention, expédition en milieu hostile. Notre première mission aura lieu dans les glaces polaires du Groenland.

Les quatre adolescents choisis formeront la « Team Aventure ».

Signé : l'équipe de la Fondation pour la Terre. »

Monsieur Cheval replie la lettre. Le moins qu'on puisse dire, c'est que l'annonce ne déchaîne pas les foules. Se rapprochant alors du planisphère de la classe, il tente une méthode plus visuelle.

— Le Groenland, c'est l'île que vous voyez ici, explique-t-il en désignant une terre blanche, immense, à l'est du Canada. Elle est presque totalement recouverte de glace.

Puis il affiche des photos sur le tableau à l'aide de gros aimants rouges : un ours blanc sur la banquise, des Inuits en traîneau, des icebergs... Les élèves sortent un peu de leur léthargie.

— Oh, c'est trop chou ! s'émeut une fille à la vue de l'ours blanc.

— C'est vrai. Mais c'est aussi un lieu terrifiant où il y a des tempêtes, où la nuit est permanente en hiver, reprend monsieur Cheval. Combien d'aventuriers se sont perdus dans le blizzard avant d'être dévorés, lentement, par les ours ?

Décidément, faire rêver n'est pas le fort du Rambo de Frison-Roche.

— Il y a un dernier aspect que je dois aborder et qui devrait, jeunes gens, vous intéresser davantage. Cette expédition durera deux semaines et elle se déroulera au mois de mai prochain. Autrement dit, ceux qui seront choisis manqueront les cours pendant quinze jours.

Tout le monde se regarde. Les mots de Monsieur Cheval semblent résonner dans les têtes comme ceux d'un hypnotiseur : « *Quinze jours sans école... Quinze jours sans école...* »

— Alors, est-ce qu'il y a des candidats ?

Sans attendre, une vingtaine de mains se lèvent, bien droites vers le ciel.

— C'est bien ce que je pensais, se désole monsieur Cheval. Jeunes gens, ce concours est ouvert à tous les élèves de quatrième. Ceux qui sont volontaires doivent d'abord en parler à leurs parents. Puis, s'ils sont d'accord, vous pourrez candidater. Vous devrez expliquer ce qui vous motive dans une lettre, une vidéo, un dessin... Bref : nous dire à votre manière pourquoi il est important de protéger la Terre.

La classe s'est transformée en hall de gare.

— Silence ! crie monsieur Cheval. La sélection aura lieu dans deux semaines. Bonne chance à tous.

Le professeur sort alors une feuille qu'il fait passer dans la classe. Tout en haut est écrit : « Team Aventure/ Opération Groenland/Liste des candidats ». Elle navigue de table en table. Presque tous les élèves y inscrivent leur nom.

La voisine de Yanis signe la feuille à son tour.

— Tu imagines ? Des Inuits, des icebergs ? C'est trop cool, ce truc !

19

Yanis fait « oui » de la tête mais passe la liste derrière lui, sans même la regarder. Pas question pour lui d'être candidat. De toute façon, il ne sera jamais pris. Pourquoi donnerait-on sa chance à un redoublant qui passe presque tous ses mercredis matin en retenue ?

— Bien, maintenant passons aux choses sérieuses : les mathématiques, conclut monsieur Cheval.

CHAPITRE 2

« ET LES GAGNANTS SONT... »

Une semaine plus tard, une centaine d'élèves et leurs parents se retrouvent dans la cantine du collège Frison-Roche. Le principal a convoqué les candidats à l'aventure pour leur en dire plus sur les expéditions à venir. L'inquiétude se lit sur le visage des pères et des mères, plus que sur celui de leur progéniture.

— Ma mère est sûre qu'on va se faire dévorer par des morses, raconte une fille à sa meilleure amie.

— M'en parle pas. Mon père pensait que le Groenland c'était au pôle Sud. Dire qu'il ne me lâche pas quand j'ai une mauvaise note en géo.

— Tu savais que c'était au pôle Nord, toi ?

— Non, mais j'ai regardé sur Google, tout simplement.

Après quelques minutes d'attente, le principal fait son entrée, salue la foule et laisse directement la parole au plus expérimenté des enseignants du collège : monsieur Cheval. Le prof de maths se lance dans une des explications point par point dont il a le secret. On dirait qu'il donne des consignes à des soldats. Au fond de la salle, un élève fait semblant de dormir et ronfle pour faire rire ses copains.

— Pour commencer, parlons de la mission que vont devoir mener vos enfants. Ceux qui seront choisis auront un rôle de reporters. Ils devront raconter les effets du réchauffement climatique sur le Groenland et sur les Inuits, les habitants de cette île.

— La Fondation pour la Terre les équipera de caméras et d'appareils photos. Ils s'en serviront pour transmettre des informations à leurs camarades d'Annecy et de toutes les écoles de France.

— Enfin, ils prendront part à une opération scientifique dont le but sera de protéger les narvals.

Pendant que monsieur Cheval poursuit sa présentation, un film défile à côté de lui, sur un grand écran de télévision. On y voit des créatures marines gracieuses à la robe gris, marron et blanc. Elles nagent au milieu de la banquise qui se fendille sous le soleil. À l'avant de leurs têtes se dressent d'immenses lances qui les font ressembler à des licornes. Ce sont les fameux narvals.

— Chaque année, au printemps, ils passent en groupe au nord-ouest du Groenland, explique monsieur Cheval en pointant une carte apparue à l'écran. C'est la route de leur migration et c'est là que la Team Aventure va partir à leur rencontre. Les lances que vous voyez sur leurs têtes sont en fait des dents.

Certains élèves semblent absorbés par les licornes de mer. D'autres se font des blagues à voix basse.

— Louna, c'est dingue, ils sont presque aussi gros que toi les narvals, lâche un garçon à sa camarade de droite.

— Non mais Tom, ça ne va pas ? Excuse-toi tout de suite ! le reprend sa mère, assise à côté de lui.

— Si je suis prise, je vais les photographier sous l'eau, s'emballe une fille assise juste devant monsieur Cheval. Un truc pareil ça va me faire au moins 500 likes sur Instagram.

La remarque n'échappe pas au prof de maths.

— Jeunes gens, la mer où vivent ces baleines est pleine d'icebergs. On a déjà du mal à vous faire nager dans le lac d'Annecy... Je serais curieux de vous y voir.

L'écran diffuse maintenant la photo d'un village inuit. On y voit de petites maisons rouges, vertes et bleues construites au bord de l'océan. Devant elles, dans la baie, s'élèvent des icebergs imposants qui ressemblent à des collines blanches immaculées.

— C'est dans ce genre de village que vos enfants vont se rendre. On est loin des maisons de chez nous. Là-bas, les températures descendent régulièrement à moins dix, moins vingt, voire moins quarante degrés selon la saison.

— En gros, on va faire Koh Lanta ! s'extasie un garçon.

— Alors, est-ce que vous avez des questions ? l'ignore monsieur Cheval.

Sans attendre, des dizaines de mains se lèvent. Pas celles des ados, non, celles des parents. *Si seulement leurs gamins participaient autant en classe*, regrette intérieurement le prof de maths.

Un ping-pong de questions commence. Tout y passe : du nombre de chaussettes nécessaires pour un tel voyage à l'indice UV des lunettes à mettre dans la valise. Les élèves n'en croient pas leurs oreilles ! Eux qui pensaient poser des questions ridicules en cours...

— Messieurs-dames, rassurez-vous, tempère monsieur Cheval. Pour cette opération, notre collège a été contacté par une de nos anciennes élèves. Elle s'appelle Alice et elle est guide professionnelle dans les régions polaires. Elle fait aussi de la recherche sur les animaux marins. À trente ans, elle a traversé les glaces du Groenland à pied mais elle a aussi travaillé en Antarctique, dans le désert du Sahara et dans la forêt amazonienne. Vous pouvez lui confier vos enfants les yeux fermés. Mercredi prochain, elle viendra au collège pour choisir les quatre aventuriers avec nous. Nous ferons passer un entretien à chaque candidat. Jeunes gens, c'est là que vous présenterez les vidéos, les lettres, les dessins qui expliqueront pourquoi vous voulez rejoindre la Team Aventure.

La soirée se termine enfin. La nuit est tombée sur Frison-Roche. Monsieur Cheval traverse la foule sans s'arrêter, tandis que des parents essaient encore d'attirer son attention. Debout au fond de la salle, un homme l'attend. Il est seul et lui aussi a l'air préoccupé. Monsieur Cheval le salue et lui propose de sortir pour discuter au calme. La nuit étoilée, un peu fraîche, annonce l'automne qui s'abattra bientôt sur les montagnes alpines.

— Bonsoir, monsieur Chedid. Merci d'être venu. Il fallait que je vous parle, commence monsieur Cheval.

— Qu'est-ce qui se passe encore ?

L'homme qui marche avec le professeur de maths, c'est le père de Yanis. Il est chauffeur de taxi. Sa voiture est garée devant le portail de l'école. Monsieur Chedid élève Yanis seul depuis que sa femme est morte, et il est habitué aux rendez-vous d'urgence avec les profs de son fils. Les deux hommes discutent pendant quelques minutes puis se quittent en se serrant la main.

— Merci de m'avoir informé de tout ça,

monsieur Cheval. Je vais voir ce que je peux faire. Je vous laisse, je dois retourner travailler.

Le mercredi suivant, Frison-Roche est en ébullition. C'est le jour des candidatures ! Cinquante élèves de quatrième sont toujours en lice pour rejoindre la Team Aventure. Tous attendent avec impatience l'arrivée d'Alice. Sous le préau qui fait face au réfectoire, une aspirante aventurière répète son texte. Elle a choisi de prouver sa motivation avec une chanson de hip hop qui reprend la mélodie du tube *Wesh alors* de Jul, son rappeur « pré-fé-ré ! ».

« Wesh alors ! Wesh alors (X5) !

Pour sauver les oursons – ho

Promène-toi en ski d'fond – ho

Pour aider les narvals – ho

Lâche ton scoot achète un ch'val ! – ho »

À côté d'elle, un garçon récite ce qui pourrait être un discours de prix Nobel. Où plutôt, il lit le texte incompréhensible que ses parents ont écrit pour lui.

« Chers professeurs,

Euh... La Terre est la mère de nos mères. Et si la Terre est la mère de ma mère alors elle est aussi ma grand-mère puisque je suis le fils de ma mère. Enfin, de mon père aussi, non ? Bon, je continue... Bref, la Terre c'est ma grand-mère. De son avenir dépend la survie de toute l'espèce humaine et de tous les animaux. Car si la Terre disparaît, mes chers professeurs, que restera-t-il des animaux ? Et que restera-t-il des hommes ? Des générations futures ? »

Quinze minutes plus tard, son discours se termine sous les applaudissements de ses parents.

— Quentin, tu peux m'expliquer ? l'interroge une de ses amies. J'ai rien compris.

Plus loin, un garçon à l'interminable mèche brune – du genre artiste maudit – déclame un poème en hommage à la Terre.

« Ô toi ! Planèteuh bleuh !

Ô toi ! Qui tant m'émeuh !

M'émerveille par la blancheureuh de la banquise.

Qui fond comme un bâton de Mister Freeze ! »

— Marco, c'est méga beau ! s'extasie une groupie.

— Merci Emma. J'ai pleuré toute la nuit après avoir écrit ce poème.

Tout d'un coup, une rumeur incroyable déferle sur la cour. Le jury arrive ! Accompagnée par le principal et monsieur Cheval, une jeune femme vient de passer le portail. Elle est grande, brune, les cheveux longs, avec une allure très sportive. Elle porte des baskets rose fluo, un legging noir et une petite veste grise à capuche cintrée. Sur son cœur, les mots « Team Aventure » sont écrits en rouge, et, dans son dos, on peut lire : « Fondation pour la Terre ».

— Elle est trop stylée ! s'exclame un groupe de filles sur son passage.

C'est Alice, la guide tant attendue. Les choses sérieuses commencent. Monsieur Cheval ordonne aux aspirants explorateurs de se mettre en rang. Miracle : pour la première fois en vingt années de carrière, les

ados obéissent au doigt et à l'œil. Chaque candidat se voit attribuer un numéro, comme dans un casting de *La Nouvelle Star*. Une table et trois chaises ont été installées pour le jury dans le réfectoire.

— Bon, je crois que tout est prêt. Allons-y, annonce monsieur Cheval avant d'appeler le candidat numéro un.

Une fille, déguisée en manchot, entre dans la salle. Le grand concours est lancé.

Au fil des heures, les candidats défilent.

— Bonjour je m'appelle Alice. Et toi ?

— Moi c'est Clara, madame.

— Je m'appelle Maxime, mais appelez-moi Max.

— Mohamed, enchanté.

— Et qu'est-ce qui te motive à participer à cette aventure ? questionne Alice.

— Moi je voudrais sauver le monde. C'est pas normal de détruire la Terre comme ça.

— Quinze jours de vacances, ça ne se refuse pas !

— J'adore faire du ski, alors si la Terre se réchauffe et qu'il n'y a plus de neige, je vais faire quoi moi en hiver ?

Après la danse des manchots de la candidate numéro un, la parodie de Jul de la candidate numéro huit ou encore le discours soporifique de Quentin, le numéro seize, le tour de Yanis approche. Avec son numéro vingt-cinq, voilà une heure et demie qu'il attend et qu'il hésite sérieusement à partir. La veille au soir, son père l'a sermonné pour qu'il tente lui aussi sa chance : « Il faut faire comme les autres élèves de ta classe. Tu ne dois pas rester dans ton coin. » Finalement, Yanis a décidé de participer au concours mais n'a rien eu le temps de préparer.

Une jeune fille sort en pleurs de la salle. « J'ai raté mon numéro de claquettes » raconte-t-elle à sa mère qui l'attend sous le préau.

Une danseuse de claquettes, un poète maudit... Cette fois c'est sûr, Yanis n'a rien à faire ici. Il prend son sac à dos et commence à partir quand il entend résonner la douce voix chevaline de son prof de maths : « CANDIDAT NUMÉRO VINGT-CINQ ! » Yanis est sur le point de s'esquiver mais monsieur Cheval le rappelle : « Ah ! Mais c'est vous monsieur Yanis Chedid ! Venez voir par ici ! » Pas moyen de se défiler. Yanis enfonce sa casquette sur sa tête et entre dans la salle. Le jury termine à voix basse ses commentaires sur la candidate précédente, puis se tourne vers lui.

— Yanis, raconte-moi : pourquoi est-ce que tu veux rejoindre la Team Aventure ? commence Alice.

— Ben, je sais pas, en fait. La nature c'est super beau. Mais là, je sais pas en fait...

Un silence gêné s'installe.

— Tu ne veux pas m'en dire plus, Yanis ?

Après un temps d'hésitation, le jeune garçon reprend :

— En fait madame, c'est mon père qui m'a forcé à venir. Moi, j'ai rien à faire au Groenland ou je sais pas où. Il dit que ça va m'aider pour l'école. Mais bon, je vois pas trop...

— D'accord Yanis. Tu es sûr qu'il n'y a rien qui t'intéresse dans cette aventure : les animaux, le voyage ?

— Si, j'aime bien voyager. Je vais tous les étés dans ma famille en Algérie. C'est un très beau pays. Après, j'adore aller à la mer et ça m'énerve quand c'est pollué, quand il y a des déchets.

— Qu'est-ce qui te passionne dans la vie, Yanis ?

— Ben... Le foot. J'adore ! Et puis j'aime l'informatique aussi, bidouiller les ordinateurs, tous les gadgets, coder... C'est ce que je fais quand j'ai du temps. Je sais tout réparer.

L'entretien se poursuit pendant quinze longues minutes. Yanis reste fermé et enchaîne les réponses courtes. Il finit par sortir de la salle et s'en va, sans même attendre les résultats. Pour lui, l'aventure s'arrête là.

À la fin de l'après-midi, monsieur Cheval, le principal et Alice se retirent pour choisir les quatre lauréats. Les heures passent. Un essaim d'élèves est collé contre les vitres du réfectoire pour essayer d'entendre ce qui est en train de se dire. Les débats ont l'air animés.

Qui vont-ils choisir ? L'attente devient interminable. Alors, quand à 19 heures la porte s'ouvre enfin, les collégiens se ruent vers le jury.

— Chers élèves, débute le principal, vous avez été très inspirés, très touchants et nous voulions vous remercier.

Un tonnerre d'applaudissements retentit sous le préau. Alice prend la parole à son tour.

— Nous sommes très fiers de chacun d'entre vous. Nous aurions aimé tous vous embarquer. Malheureusement, nous avons dû faire des choix.

Elle déplie un petit papier et commence à lire.

— Et les gagnants sont... Vicky !

Vicky, la petite danseuse de claquettes aux longs cheveux blonds et aux yeux bleus, n'en croit pas ses oreilles ! Au bord de l'évanouissement, elle tombe dans les bras de sa mère et de sa meilleure amie. Le jury a adoré sa chorégraphie mais aussi les dessins qu'elle a réalisés pour montrer son envie de rejoindre la Team Aventure.

— Fatou !

À l'annonce de son nom, Fatou saute dans tous les sens et embrasse sa tante et ses deux petits frères. Ses longues tresses noires virevoltent dans les airs. Fatou en connaît un rayon sur l'environnement. Elle rêve de devenir vétérinaire pour sauver les animaux des forêts du Gabon, son pays d'origine.

— Hugo !

Hugo, lui, célèbre sa victoire en enchaînant les *checks* avec ses potes. Avec sa grande tignasse blonde et sa planche de skate, il cultive le look « surfeur des neiges ». Pour cette première aventure polaire, sa connaissance de la montagne sera très utile à l'équipe.

Près de lui, des filles et des garçons ont la tête des mauvais jours. Mais les parents, eux, applaudissent les gagnants, entraînant leurs enfants à faire de même.

— Et le quatrième candidat que nous avons choisi est...

Alice regarde une dernière fois le principal et monsieur Cheval qui lui font un signe de la tête.

— Yanis !

Aucune réaction. Toutes les têtes se tournent pour tenter de voir qui est le quatrième heureux élu. Alice le cherche du regard puis monsieur Cheval l'appelle à son tour. Mais Yanis n'est pas là pour entendre son nom.

Au moment où l'on annonce qu'il est retenu, Yanis est affalé sur son lit et joue à *Angry Birds* en écoutant La Fouine. Le concours est déjà oublié. Dans la cuisine, de l'eau bout dans une casserole. Il prépare à manger, car, comme chaque soir, son père rentrera tard.

Le téléphone sonne. Yanis se lève et rejoint le salon pour décrocher.

— Allô ?

— Allô, monsieur Chedid ?

— Non, c'est Yanis.

— Ah Yanis, salut, c'est Alice de la Fondation pour la Terre. J'ai une grande nouvelle pour toi ! Nous t'avons choisi pour rejoindre la Team Aventure. On a besoin de quelqu'un qui assure avec tout ce qui est électronique et qui sache se servir de ses dix doigts. Tu pars avec nous.

Yanis ne sait pas quoi répondre. Il s'attendait à tout sauf à ça.

— Alors, tu es content ? Tu viens avec nous ?

Yanis réfléchit pendant quelques secondes :

— Ben je sais pas moi... J'ai passé le casting mais... Enfin, je suis pas sûr de...

Alice ne lui laisse même pas le temps de finir sa phrase.

— Ne t'inquiète pas, Yanis, ça va être super ! Bon je te laisse. Rendez-vous demain matin à 8 heures au collège. Bonne soirée et encore bravo. Au fait, monsieur Cheval passe le bonjour à ton père !

Alice raccroche. Yanis est sonné, il a l'impression d'avoir reçu un coup sur la tête.

Bientôt, lui aussi s'envolera vers le Groenland.

CHAPITRE 3
EN ROUTE VERS LE PÔLE NORD

Le lendemain matin, Frison-Roche ne parle que de la Team Aventure. *Le Dauphiné Libéré*, le journal local, a publié un article sur les lauréats et l'expédition extraordinaire qui les attend. Sur la photo qui l'accompagne, Alice, monsieur Cheval, le principal ainsi que Fatou, Vicky et Hugo posent en rang d'oignon devant le réfectoire. Comme il était absent au moment du cliché, une photo de Yanis, prise sur son compte Facebook, est imprimée un peu plus bas. Le journal passe de main en main. Ça y est : Vicky, Fatou, Hugo et Yanis sont les nouvelles stars du collège.

Des quatre aventuriers, Fatou est la première à passer la porte de l'établissement. L'école, c'est son truc. Depuis la sixième, elle obtient les félicitations à la fin de chaque trimestre. À longueur de bulletins, ses profs répètent leur admiration pour sa motivation permanente. La même qu'elle montre sur les rings de boxe, son sport préféré.

Avant de partir, Fatou a pris son petit déjeuner avec sa mère et sa tante. Toutes les trois vivent sous le même toit et elles sont inséparables. Les parents de Fatou sont divorcés, aussi, lorsque son père a quitté le foyer, sa tante est venue, depuis le Gabon, rejoindre la petite famille à Annecy pour épauler sa mère. Elle est infirmière de nuit et rentre chaque matin très tôt à la maison. Mais, en ce jour si spécial, elle n'aurait raté ce petit déjeuner pour rien au monde, malgré la fatigue. Fatou la rend si fière. Pourtant, au départ, elle n'était pas du tout favorable à ce qu'elle parte au Groenland.

— Ma fille, je suis désolée mais on ne peut pas se le permettre. J'ai besoin de toi ici. On a déjà du mal à tout faire quand on est toutes les trois.

À ces mots, Fatou, qui avait amorcé la discussion pendant qu'elles préparaient le dîner, s'était arrêtée

net. Elle avait fixé sa mère de son inimitable « regard des grands jours », comme le surnomme sa tante. Un regard électrique, qui annonçait qu'elle n'en démordrait pas. Fatou, la guerrière, était prête à monter sur le ring.

— Alors là, maman, tu ne peux pas me dire des choses pareilles, avait-elle rétorqué, indignée, en brandissant ses couverts à salade roses. Ça coûte 2 500 € un billet d'avion pour le Groenland. Si tu m'empêches de passer ce concours, je ne pourrai jamais y aller. Et toi, tu me priverais d'une chance unique de travailler avec des animaux, d'aider des scientifiques, alors que je veux devenir vétérinaire ? C'est vraiment ça que tu cherches ?

Sa mère était à deux doigts de répliquer, les mains posées sur les hanches, habillées de gants de cuisine verts à tête de crocodile. Crocodiles contre cuillères roses : le combat aurait pu être terrible. Mais il n'eut pas lieu.

— Fatou a raison, avait coupé sa tante, elle aussi dans la cuisine. On se débrouillera sans elle.

Et dès le lendemain, Fatou s'était inscrite au concours avec la complicité de sa tante. Sa mère, d'abord agacée d'être mise devant le fait accompli, avait fini par se faire à l'idée.

Ce matin, alors qu'elle remonte la cour du collège, Fatou se sent libre comme jamais. Dans ses écouteurs, Beyoncé tourne en boucle : « *Who run the world ? Girls !* »

Quelques minutes plus tard, Hugo arrive à son tour, sur son scooter gris métallisé flambant neuf. Ses parents lui ont offert l'engin pour ses quatorze ans. Sur les côtés, on peut lire le mot « Hurricane » écrit en jaune et orange fluo. C'est LE scooter dont tout le monde rêve à Frison-Roche. Quand il entre dans le garage à vélos, Hugo ne peut s'empêcher de donner un coup sur la manette des gaz pour faire ronronner le moteur de son fidèle destrier. L'effet est garanti, notamment sur Manon. À quelques mètres de là, derrière les centaines de taches de rousseur qui piquent ses joues, elle paraît chamboulée. Hugo sait bien qu'elle est dingue de lui depuis la sixième. Il passe sa main dans sa longue mèche blonde et lui lance un sourire d'acier. Un magnifique appareil dentaire barre en effet ses dents bien blanches. Scooter et appareil dentaire : aux yeux de Manon, Hugo est tellement mature qu'il pourrait être en troisième.

La star cadenasse son deux-roues, tape dans les mains de Tim et Léo, ses potes d'enfance, puis dévale sur son skate la pente qui va du garage au portail.

— Tiens, voilà Mister Univers, commente Gabrielle, la meilleure amie de Vicky, en observant le manège d'Hugo. Dire que tu vas partir avec lui au Groenland... Tu crois qu'il met aussi du gel en randonnée ?

Vicky rigole de bon cœur mais voyager avec ce genre de garçon, si sûr de lui, ne l'enchante pas le moins du monde. Elle, chez qui le moindre exposé provoque trois jours d'insomnie. Pourtant, elle sait danser, dessiner, faire de la photo... Mais, à part Gab' et ses parents, personne ne connaît ses talents. D'ailleurs, elle se demande encore comment elle a osé faire une chorégraphie devant le jury. Heureusement que sa mère et sa meilleure amie l'ont poussée à tenter sa chance, que ce soit de façon amicale : « Vicky, cette aventure est faite pour toi. Tu vas pouvoir faire des dessins magnifiques, des photos de malade. On va te créer un compte Instagram et tu vas le faire exploser ! »

Ou sur le ton de la menace : « Tu as intérêt à le passer ce concours, sinon je raconte à tout le monde que tu es amoureuse de Corentin de la 3ème 4. »

À force de mises en garde et d'encouragements, Vicky a fini par se lancer et réussir ! Ce matin, sur la route du collège, l'ambiance était à la fête dans la petite voiture rouge de sa mère. Vicky avait mis les Beatles à fond dans les enceintes, et, ensemble, elles ont repris les refrains à tue-tête : « *Love, Love me doo, you know I love you...* » Puis Vicky a promis à sa mère de la retrouver après l'école dans la petite boutique de décoration où elle travaille, avant de courir vers le collège. Depuis sa voiture, sa mère l'a regardée intensément. Ses longs cheveux blonds, son petit jean pattes d'eph et ses Converse rose bonbon... Elle avait les larmes aux yeux. En vingt-quatre heures, sa petite Vicky avait tellement grandi.

Pour les quatre aventuriers, la journée commence par une réunion exceptionnelle. Ils doivent retrouver Alice pour le premier grand rendez-vous de la Team Aventure. Désormais, l'emploi du temps de l'année va s'aménager entre les cours et la préparation de l'expédition. En entrant dans la salle, Alice a la bonne surprise de trouver Yanis, seul, assis bien sagement au premier rang. Un élève modèle ! L'image est saisissante.

— Tiens, Yanis ! Tu as dormi ici ou quoi ? s'étonne Alice en déposant son énorme sac sur le bureau.

— Non m'dame.

— Appelle-moi Alice ou je t'appelle monsieur Yanis, OK ? J'ai l'impression d'avoir 90 000 ans quand tu m'appelles madame !

— Oui, m'dame Alice.

Yanis est très intimidé. Depuis hier soir, tout va trop vite pour lui et il ne comprend pas vraiment ce qui lui arrive. Pour le petit déjeuner, son père lui a préparé une surprise. Sur la table l'attendaient des croissants et des pains au chocolat ainsi que le journal local. Pendant que Yanis mangeait, son père lui a lu l'article dédié à la Team Aventure avec fierté. Puis, pour une fois, il a même pris le temps de l'emmener au collège avec son taxi. Son fils déposé, le père de Yanis est reparti en klaxonnant, comme le font les voitures dans les cortèges de mariage.

En attendant que le reste de la bande arrive, Alice et Yanis déballent des cartons de vêtements et d'accessoires. Yanis est en pilote automatique et suit religieusement les instructions d'Alice. La sonnerie qui marque le début des cours finit par se faire entendre. Tout est prêt lorsque les trois autres membres de la Team Aventure, qui n'ont jamais été dans la même classe, franchissent le pas de la porte.

— Bienvenue à tous, venez vous asseoir à côté de Yanis, les accueille Alice. Elle porte des lunettes de vue à monture noire, qu'elle n'avait pas la veille, et donnent à son visage des airs d'institutrice.

Hugo, Fatou et Vicky se rapprochent de Yanis. Alors c'est lui, le grand absent de la soirée d'hier ? Fatou se méfie. Après l'annonce des résultats, une de ses copines n'a pas mâché ses mots à son encontre. « Mais comment ils ont pu choisir Yanis ? Il était en classe avec mon frère l'an dernier. C'est le plus gros flemmard qu'il ait jamais vu. » Yanis, de son côté, fait tout pour ne pas croiser le regard de ses camarades, persuadé que sa réputation l'a précédé.

— D'abord, un grand bravo pour hier, commence Alice en faisant les cent pas. Vous avez été super. Maintenant, il va vraiment falloir vous investir car la mission qui nous attend sera très dure.

Un cahier ouvert sur sa table, Fatou hoche la tête et prend des notes.

Avachi sur sa chaise, les mains dans les poches de son sweat à capuche, Hugo regarde le cahier de Fatou se remplir. Il se doutait bien qu'il y aurait une fayotte dans le groupe. Alice parle et parle encore mais le skateur laisse glisser ses pensées en direction de la cantine. On est jeudi et, à midi, il y aura des frites au menu. Hugo en salive déjà. En ce moment, rien n'a plus d'importance pour lui que le contenu de son assiette, ce qui fait dire à sa mère qu'elle a accouché d'un ventre.

Yanis, lui, est tendu comme une arbalète. Ses yeux semblent aimantés par Alice. Elle explique maintenant que la Team Aventure va partir en expédition sur la banquise, « une pellicule de glace posée sur l'océan. » Lui qui n'a jamais fait de ski va devoir marcher sur un océan gelé. Et si la banquise s'ouvrait sous ses pieds ? Et si un requin polaire le dévorait ?

— Comme vous l'aurez compris, il vous faudra respecter les règles de sécurité coûte que coûte. *SAFE-TY FIRST !* ajoute Alice en prononçant distinctement chaque syllabe, avec un horrible accent anglais.

— Ça veut dire quoi « SÈ-FE-TI FEURSTE » ? demande Yanis à Vicky, assise à sa droite.

— Mais non, on dit : « Sèyef'ti' Firrrst' », corrige la jeune fille avec un accent tellement parfait qu'elle pourrait être nommée reine d'Angleterre. « La sécurité avant tout. »

— C'est bien ce que je pensais, fait mine d'acquiescer Yanis, pour ne pas perdre la face. Tu parles super bien anglais, toi ! C'est quoi ton prénom ?

— Ma mère est Australienne. C'est pour ça. Je m'appelle Vicky.

Mais oui, Yanis la reconnaît ! Vicky, c'est la dessinatrice qui était à côté de lui le jour de la rentrée. D'ailleurs, lorsqu'il détourne le regard, Vicky enlève sa main du cahier où elle griffonne discrètement. On y voit une caricature des quatre aventuriers et de leur guide en maillot de bain, avec ses lunettes sévères, en train de faire du surf sur des narvals, au milieu des icebergs.

— Maintenant, poursuit Alice, vous allez récupérer vos tenues. Ce matin, avec Yanis, on a disposé toutes les affaires que vous voyez sur les tables, au fond de la classe. Ce sont vos uniformes d'expédition.

Hugo, Yanis, Fatou et Vicky s'avancent face aux vêtements, sans un mot. Il faut qu'Alice commence à les distribuer pour qu'ils osent enfin les prendre. Vestes couvertes de Scratch et de patches phosphorescents pour être visibles dans la nuit, gants plus gros que ceux de Mickey Mouse, cagoules rouge foncé, masques de ski aux reflets multicolores comme des boules à facettes : la salle ressemble à un dressing de cosmonaute. Pour leurs premiers échanges, les membres de la Team Aventure parlent fringues et se moquent gentiment les uns des autres. Il faut dire qu'il y a de quoi ! On se croirait à un défilé de mode chez Décathlon.

— Vous êtes très beaux ! les félicite Alice dans un grand éclat de rire.

Elle prend alors une série de selfies avec le groupe. D'abord une photo sérieuse, puis une autre en tirant la langue. Tout le monde commence à se détendre. Puis elle allume son ordinateur, branché au vidéoprojecteur de la salle. Sur un écran géant apparaît le profil Facebook de la Team Aventure. La cheffe d'expédition y intègre les clichés du matin avec ce petit commentaire : « Heureuse de vous présenter Fatou, Vicky, Hugo et Yanis : LA TEAM AVENTURE ! En exclusivité pour vous, voici leurs tenues d'expédition. »

Alice leur explique ensuite les objectifs de la mission. Une maison groenlandaise apparaît sur l'écran. La petite construction rouge, en bois, ressemble à une boîte à chaussures surmontée d'un toit noir.

— Voici une photo prise à Aappilattoq, au nord-ouest du Groenland, explique-t-elle. C'est là que nous allons partir ensemble. Personne ne connaît mieux les narvals que les Inuits de ce village. Ce sont mes amis. Au printemps, ils aident les scientifiques qui étudient ces animaux dans leurs recherches. Ils vont

nous emmener sur la banquise et nous aider à trouver les licornes de mer.

La photo d'un Inuit en kayak, en train de pagayer au milieu de la banquise, remplace celle de la maison.

— Les chasseurs approchent les narvals avec ces petits kayaks, poursuit Alice. Croyez-moi, c'est super instable ! Et il vaut mieux ne pas tomber à l'eau.

— Ça va, on sait nager. Et puis moi, j'ai passé mon brevet de secouriste l'année dernière, intervient Fatou, d'un ton exagérément rassurant.

— Au pire, on prendra des bouées canard, renchérit Hugo.

— Sauf qu'il y a une info majeure que vous oubliez : l'eau est à zéro degré.

— Peut-être qu'on devrait aller voir les narvals en bateau à moteur, non ? suggère Yanis à nouveau envahi par des images de requins polaires prêts à le croquer.

— Oui, je pourrais conduire, ajoute Hugo. Mon oncle me donne toujours le volant quand on fait du hors-bord sur le lac.

« Je suis le meilleur et je sais tout faire ! » se vante un grand blond bodybuildé qui ressemble à Hugo sur le cahier de Vicky.

— Les jeunes, je comprends vos doutes. Mais pas d'inquiétude : mes amis groenlandais et moi, on va vous apprendre à manier les kayaks, les rassure Alice, avant de reprendre le fil de sa présentation.

Le plan de la cheffe d'expé paraît simple… Sur le papier. Le but de la mission sera de placer de petites balises sur les narvals. Ces balises, qui fonctionnent comme des GPS, émettront un signal que pourront repérer les satellites. Grâce à elles, les scientifiques du monde entier pourront suivre les licornes de mer à la trace. Ils sauront enfin où elles vont tout au long de l'année.

— Ces informations sont très importantes. On ne connaît que peu de choses sur les narvals et elles vont nous permettre de mieux les protéger, explique Alice. Si on sait où ils vivent, où ils se nourrissent et se reproduisent, on peut faire en sorte de ne pas polluer les endroits qu'ils aiment. Vous comprenez ?

— Ça veut dire que si on mettait une balise comme ça sur moi, tu pourrais voir où je vais du matin au soir ? interrompt Fatou.

— Exactement.

— N'en parle pas à ma mère, alors. Elle a tellement peur de me voir partir qu'elle risque de m'en coller une sur le dos, implore Fatou les mains jointes, provoquant un éclat de rire général.

Cette première réunion se termine lorsque tinte la sonnerie de midi. En un battement de cils, les couloirs désertés du collège sont pris d'assaut par des hordes d'affamés, ensorcelés par l'odeur émanant du réfectoire. Fatou, Vicky, Yanis, Hugo et Alice déjeunent ensemble à la cantine. Une fois à table, Alice accepte de partager sa portion de frites avec Hugo. Le skateur se montre compréhensif : « À ton âge, il faut que tu fasses attention de ne pas trop grossir. Ma mère a le même problème. » Yanis est scotché par la décontraction sans filtre d'Hugo. Les filles sont à la fois amusées et consternées. « Mais il est complètement malade »,

souffle Vicky à Fatou qui jure de lui casser le nez s'il se permet de lui faire une seule remarque. Quant à Alice, elle promet de le donner à manger aux ours blancs à la prochaine vanne de ce genre.

Les mois suivants passent à la vitesse de la lumière. Chaque semaine, Alice retrouve les aventuriers pour les préparer à ce qui les attend. Elle leur enseigne des milliards de choses, sur la glace, les narvals, les Inuits. L'hiver finit par s'installer. La neige blanchit les sommets qui entourent le lac d'Annecy. Les explorateurs en herbe participent à un stage de survie en montagne. Ils campent sous la tente, dans des sacs de couchage,

malgré le froid, et apprennent à utiliser un GPS, une
boussole ou à faire du feu.

Le courant passe très bien entre Vicky et Fatou.
Malgré leurs différences, les deux filles, volontaires,
se sont trouvées de nombreux points communs dès
les premiers jours. Elles sont les premières levées pour
partir marcher en montagne et s'entraident beaucoup.
Fatou la fonceuse donne le tempo à Vicky la rêveuse
lorsqu'il faut monter la tente. En retour, Vicky apprend
à Fatou à faire de la photo, à capturer dans son objectif
la beauté de la nature.

Les garçons, eux, passent leur temps à rire comme
des baleines. Le soir, lorsqu'Alice éteint les lumières,
ils ne cessent de glousser dans le noir. Hugo, qui a

l'habitude de la montagne, est un atout précieux pour la cheffe d'expédition, tandis que Yanis sort peu à peu de sa réserve. Au fil du temps, les journées, plutôt calmes au début, se terminent en batailles de boules de neige. Les garçons contre les filles ou les ados contre Alice.

Lorsque le soleil printanier illumine à nouveau le lac d'Annecy, Fatou, Yanis, Hugo et Vicky sont fin prêts pour le grand voyage. Il est temps pour eux de préparer leurs bagages.

Dans la chambre de Vicky, un sac à dos, qui paraît plus grand qu'elle, est ouvert sur le lit. Vicky n'en peut plus. Son père lui a déjà demandé à trois reprises de tout revérifier.

— Concentre-toi un peu. Tu as pris ton carnet à dessin mais tu as oublié tes chaussettes !

Au même moment, la mère d'Hugo donne ses dernières recommandations à son fils chéri.

— Tu n'oublies pas, Hugo, s'il t'arrive le moindre problème, tu dis bien aux gens que tu croises de nous appeler. J'ai préparé un papier dans ton portefeuille. Il y a mon numéro, celui de ton père, de ta tante, de ton oncle, de ta grand-mère, de ton grand-père, de notre voisine, de mon travail, du travail de ton père, du travail de ta tante, du commissariat, des parents de Tim, des parents de Léo, de mon club de pilates, du club de planche à voile de ton père, de ton collège et de monsieur Cheval. C'est écrit en français et en anglais. Surtout tu ne le perds pas, d'accord ?

— Super ! Le numéro de monsieur Cheval ! On va pouvoir lui faire des blagues téléphoniques !

Et Hugo peut à son tour fermer son sac à dos.

Après un dernier entraînement de boxe, Fatou boucle elle aussi ses affaires. L'adolescente emporte des livres sur la faune et la flore de l'Arctique. Le soir, elle mange avec ses petits frères, sa mère et sa tante qui lui a préparé son plat préféré pour ce dernier repas : un bon gratin dauphinois.

De son côté, Yanis dîne avec son père qui a laissé son taxi au garage pour partager cette soirée avec son fils.

— Yanis, il faut que tu manges ! lui ordonne-t-il en lui servant une assiette qui pourrait nourrir quinze personnes à elle seule.

Sans lui dire, son père a glissé dans son sac un Tupperware avec des pâtisseries algériennes qu'il a cuisinées lui-même. Un kilo de supplément bagage ! Yanis emporte également un drone, fourni par la fondation, qu'il a méticuleusement emballé, et des outils pour entretenir le matériel informatique et vidéo nécessaire à l'expédition.

Le lendemain matin, Fatou, Vicky, Hugo et Yanis se retrouvent à l'aéroport. Le temps des adieux est venu. Parents et enfants s'embrassent une dernière fois. Monsieur Cheval est là lui aussi.

— Les jeunes, cette fois il faut y aller ! crie soudain Alice.

Les quatre explorateurs prennent la pose pour une dernière photo.

Ce cliché est le dernier publié sur le profil Facebook Team Aventure officiel avant le grand départ.

« La Team Aventure est surexcitée !

Ça y est ! Après 9 mois de préparation, la Team Aventure s'envole ENFIN vers le grand Nord. Super heureux de pouvoir partager ces moments avec vous ! Tous ensemble, pour protéger la planète ! Rendez-vous au Groenland. »

CHAPITRE 4
UNE TERRIBLE FRAYEUR

Vicky, Fatou, Hugo et Yanis sont absorbés par le paysage. Sous leurs pieds s'étale un véritable désert blanc. Un océan de glace à perte de vue : la calotte polaire du Groenland. Elle est éblouissante, comme une feuille blanche éclairée par le puissant soleil de l'Arctique. Massées devant l'un des hublots de l'avion qui les emmène vers le Grand Nord, quatre paires d'yeux fixent l'horizon. Jamais ils n'ont vu un tel paysage, sans villes, sans autoroutes ni lignes électriques. Hugo, le skieur de choc, n'a qu'une envie : chausser ses planches pour dévaler les immenses glaciers qui défilent à terre. Fatou, elle, a sorti un de ses guides sur le Groenland. Sur la première page, une carte reproduit l'île blanche à côté de la France, qui paraît minuscule.

L'avion amorce sa descente puis se pose sur une toute petite piste, perdue au milieu de collines fraîchement enneigées. En touchant le sol, les roues soulèvent des tourbillons blancs tout autour de l'appareil, tandis que les réacteurs font un bruit assourdissant.

— On va se crasher ou quoi ? s'inquiète Fatou en serrant la main de Vicky tellement fort qu'elles se mettent à crier toutes les deux, l'une de peur, l'autre de douleur.

Hugo, qui vit lui aussi son baptême de l'air, est aux anges. Il a adoré ce premier voyage en avion. L'appareil finit enfin par s'arrêter au bout de la piste. Comme s'ils étaient tous soulagés d'être sains et saufs, les passagers applaudissent à s'en briser les mains. Il fallait au moins ça pour réveiller Alice, tellement habituée à prendre l'avion qu'elle dort depuis le décollage.

— Mesdames et messieurs, bienvenue au Groenland ! Couvrez-vous bien : la température est actuellement de moins cinq degrés. Bon séjour chez nous ! annonce une hôtesse à la radio.

Emmitouflés dans leurs vestes d'expédition, les aventuriers foulent enfin le sol groenlandais. Loin de l'image héroïque d'Indiana Jones découvrant un territoire inconnu, ils ressemblent plutôt à des Bibendum jaune fluo qui se dandinent dans leurs doudounes. Dire qu'il y a deux jours seulement ils se promenaient en tee-shirts au bord du lac d'Annecy !

— « I – LU – LI – SSAT », lit Vicky sur un panneau qui surplombe le petit aéroport. C'est le nom de la première étape de l'expédition, sur la route d'Aappilattoq.

— En fait, on prononce « I-LOU-LI-SSAT », corrige Alice, entourée par les quatre aventuriers, telle une maman canard suivie par ses petits. C'est l'une des plus grandes villes du Groenland. Ici, il y a quatre mille habitants.

— Une ville ? Tu es sûre ? Il y a encore moins de gens que dans le village de ma grand-mère, s'étonne Yanis, qui photographie tout ce qui l'entoure avec sa tablette.

Il rappelle à Fatou sa mère, qui fait la même chose à chaque fois qu'elles se baladent ensemble, tout en lui reprochant constamment d'être « addict à son téléphone ».

— Ilulissat signifie « les icebergs » en groenlandais, explique Alice.

La ville porte vraiment bien son nom. Après dix minutes de route, la navette de l'aéroport dépose les quatre aventuriers en plein centre, avant d'emmener leurs bagages vers le gîte où ils doivent être hébergés. À peine débarqués, voici Yanis, Fatou, Hugo et Vicky nez à nez avec leurs premiers blocs de glace. Ils flottent au large, dans la baie qui fait face à de petites maisons multicolores. En ce jour de quiétude ensoleillée, une lumière turquoise, jaune et gris colore les

icebergs de blanc, de rose et de bleu. Le spectacle est extraordinaire, intense.

— On se croirait dans un film à la télé. T'as vu ça, Hugo ? s'emballe Yanis qui ne lâche pas sa tablette.

— Oui, c'est ouf. Regarde le grand là-bas, avec la pointe sur l'avant et l'arrière tout rond, on dirait une poule de glace !

— Et l'autre au fond, vous avez vu sa taille ? Je suis sûre qu'il est plus grand que le lac d'Annecy ! ajoute Fatou.

De son côté, Vicky fait des photos. Elle prend son temps, cherche la bonne lumière, le regard capté par le paysage.

— Tu ne dis rien, Vicky ? Tu ne serais pas en train de penser à ton petit Corentin en regardant les icebergs ? ose Yanis, en riant dans le duvet de sa moustache naissante.

Vicky pique un fard et regarde Fatou, les yeux exorbités, comme si Yanis venait de révéler un secret d'état.

— Laissez-la tranquille, tous les deux, ordonne Fatou aux garçons.

Alice propose alors de descendre sur une petite plage de galets, en contrebas. Les mains le long du corps, ses longs cheveux dans le vent, elle regarde l'océan et se sent inspirée. Elle parle de la nature, du bonheur de partager des instants aussi forts, de la Terre si belle et si précieuse... Aussi solennelle que le président de la République à la télé, elle ne se rend pas compte des regards affolés que se lancent Fatou, Vicky et Hugo dans son dos. Yanis imite Alice en faisant de grands gestes, comme si c'était lui qui parlait.

— Tout au long de ma jeunesse, j'ai rêvé du Groenland, conclut Alice après de longues minutes de monologue. Je me souviens très bien de ce sentiment de joie, d'immensité, de beauté qu'on ressent en arrivant ici. Vivez à fond votre jeunesse. Et surtout, surtout : ne renoncez jamais à vos rêves.

Un grand sourire aux lèvres, Alice se retourne fièrement, sûre de son effet. Mais elle ne peut que constater qu'elle est complètement seule. Yanis, Fatou, Hugo et Vicky se roulent dans la neige à côté d'un joli chiot blanc et noir, quelques mètres plus loin. *Un jour ils comprendront*, soupire Alice qui rejoint son équipe.

— On l'emmène ? Ça nous fera une mascotte, propose Vicky en caressant la boule de poils.

— Super idée, valide Hugo. Il me rappelle mon chien quand il était petit.

— Je vois que vous vous êtes fait un nouveau copain, enchaîne Alice. Première consigne de sécurité :

ici, ne vous approchez jamais des chiens. N'oubliez pas qu'ils sont dressés pour tuer.

— Mais il est tout petit celui-là. Il ne peut pas nous faire de mal, rétorque Fatou.

— Lui, ça va. Je parlais surtout des adultes qui sont vraiment dangereux. Surtout, n'essayez pas de les caresser.

Après d'innombrables photos avec le chiot, le petit groupe finit par le quitter et remonte les rues de la ville jusqu'à atteindre le promontoire d'une petite colline. De là, le décor est unique : des milliers d'icebergs, côte à côte, forment une véritable forêt de glace. Alice a tenu à emmener les aventuriers ici pour leur montrer où va se dérouler leur première mission. Demain, Fatou, Hugo, Yanis et Vicky partiront explorer ce labyrinthe glacé.

— Mais on ne va pas y aller en nageant quand même ? s'inquiète Vicky, s'arrêtant un instant de photographier la vue.

— Non, surtout pas, sourit la cheffe d'expédition, en caressant le bonnet de Vicky. On va prendre un petit bateau.

— Hé, la trouillarde ! T'as peur ou quoi ? dit Hugo à Vicky. Moi, avec mon père, j'ai déjà fait du voilier en plein hiver. C'est trop bien.

Vicky ne sait quoi répondre. Elle préfère détourner le regard et faire des photos.

— « Moi avec mon père… », répète Fatou en imitant Hugo. Laisse tomber. C'est un gamin.

Pour passer la nuit, la petite équipe se replie vers son gîte, au nom évocateur : *La Maison des icebergs*. Décidemment, ici, la glace est partout. Les adolescents n'en reviennent pas : à 22 heures, il fait encore jour, quand chez eux la nuit est tombée depuis longtemps. Le crépuscule semble sans fin.

Dans la chambre qu'elles partagent, Fatou et Vicky rédigent le blog de l'expédition. Évidemment, lorsqu'il a fallu deux volontaires pour cette mission, elles ont levé la main tout de suite, pendant que les garçons regardaient leurs pieds.

"*Journal de bord de la Team Aventure.*

Jour 1 : Bienvenue au Groenland

Coucou les amis !

Ça y est ! On est ENFIN arrivés. L'avion c'est sympa mais on a passé deux jours assis dans nos sièges et on a fait trois changements... À la fin, quand on est sortis, on marchait comme des petits vieux. Pour Fatou, c'était une grande première. Elle a eu un peu peur, mais au moins elle n'a pas sauté dans tous les sens comme Hugo qui est vraiment intenable. Il devrait s'acheter une boule antistress, faire du yoga ou prendre des somnifères, ça le calmerait. Alice a dormi pendant presque tout le voyage, comme Yanis ! Hugo était ravi : vu que Yanis dormait, il pouvait lui piquer son plateau repas à chaque fois qu'on nous en servait un.

Sinon, on vous écrit depuis la ville d'Ilulissat. Ici, c'est super beau. C'est même difficile à raconter. Il y a des icebergs partout. En plus, il a neigé juste avant qu'on arrive. On se croirait à Noël alors qu'on est en mai. La ville n'a rien à voir avec Annecy. Il y a quelques immeubles et plein de petites maison. Certaines sont roses, d'autres bleu clair. Toutes ces couleurs, c'est vraiment joyeux. C'est décidé : quand on reviendra on proposera au principal de repeindre Frison-Roche en rose ou en bleu clair.

En se promenant, on a aussi vu de vrais traîneaux ! Il y en a plein devant les maisons, bien plus que des voitures en tout cas. D'ailleurs, Alice a dit que c'est la dernière fois qu'on voit des voitures avant de revenir à Annecy. Ça va faire bizarre.

Ce qui nous a tous fait craquer, c'est un petit chiot hyper mignon qu'on a pu caresser. On l'a élu chien de l'année, à l'unanimité sauf Alice qui n'a pas voulu qu'on l'adopte. Tout *ça sous prétexte qu'il avait peut-être des puces. Dans ce cas, pourquoi on a pris les garçons avec nous ?*

Apparemment, il y a plein de chiens de traîneau dans cette ville mais on ne les a pas encore vus. Les gens les laissent loin des habitations. Il paraît qu'ils peuvent être super dangereux ! Ils vivent tous ensemble, comme des loups et dorment dehors toute l'année, même en hiver. Dire que nous on a déjà froid dans notre chambre alors que le chauffage est à fond...

Bon, pour finir, on va quand même vous raconter le programme de demain. On va aller naviguer entre les icebergs ! Alice veut nous faire comprendre le lien entre « la fonte des glaces et la montée du niveau des océans » (on n'a pas trop compris mais c'est ce qu'elle a dit). Ça va être notre première mission. On est super contentes, mais en même temps les icebergs sont super grands et on va prendre un bateau minuscule. C'est moyennement rassurant."

— Il manque un truc. Il faut que le monde entier comprenne que les garçons sont super nuls, fait remarquer Fatou.

Le regard de Vicky s'illumine tandis que son amie se met à écrire.

"Les garçons sont super nuls. Yanis fait des blagues pourries et Hugo se la pète toute la journée. On ne leur en veut pas. Les pauvres : ce sont des garçons. On espère juste que l'appareil dentaire d'Hugo ne va pas rouiller s'il tombe dans l'eau demain. Promis, on vous tient au courant."

— Ça te va comme ça, Vicky ? Allez, on va être gentilles avec eux : on efface !

Et la phrase disparaît sous les rires des deux filles.

"Gros bisous à tous ! On attend vos messages et vos questions. On vous répondra. Vicky et Fatou"

Pendant ce temps, dans la chambre des garçons, règne une toute autre ambiance. Yanis et Hugo se livrent des parties endiablées de jeu vidéo sur leurs téléphones. À plusieurs reprises, Alice vient leur demander d'éteindre la lumière et de se taire. Mais, elle a beau hausser le ton, les garçons recommencent dès qu'elle a le dos tourné.

— Hugo, ça te dirait qu'on aille faire un tour dehors ? demande Yanis.

— T'es fou ! Alice va nous tuer ! répond Hugo, les yeux rivés sur l'écran de son téléphone.

— T'as peur d'elle ou quoi ? On va faire un tour et on revient, tranquille.

Hugo hésite mais Yanis est déjà en train de s'habiller. Il finit par se lever puis passe sa tenue d'explorateur.

Au pire, on trouvera bien une excuse pour expliquer notre sortie, se dit-il. La porte de la chambre grince lorsqu'ils l'entrebâillent pour partir dans la nuit ensoleillée d'Ilulissat. Les deux garçons marquent un temps d'arrêt, attendent de voir s'ils sont repérés. Aucune porte ne s'ouvre. Alice ne les a pas entendus. Plus loin, dans le couloir, résonnent les rires de Vicky et Fatou.

Yanis et Hugo sortent du gîte à pas de loup et disparaissent dans les rues, le sourire aux lèvres, très contents d'eux. Sur leur chemin, ils croisent un vieux terrain de foot en gravier tapissé de neige fraîche, des cafés éclairés, des immeubles récents qui ressemblent à ceux des quartiers des villes qu'ils connaissent. Les quelques passants inuits encore dehors les regardent avec étonnement. Que font deux garçons comme eux ici, seuls en pleine nuit ? Yanis et Hugo finissent par rejoindre une petite colline d'où proviennent des aboiements. Hugo hésite à poursuivre. Il est tard et Alice a dit de ne pas approcher les chiens. Peut-être qu'il vaudrait mieux rentrer.

— Tu n'as pas peur des chiens quand même ? le défie Yanis.

Poussés par l'adrénaline, les garçons poursuivent leur exploration. Après une courte marche qui les écarte du centre-ville, ils atteignent de grands champs abandonnés, recouverts de neige, où des centaines de chiens sont regroupés et attachés. C'est là que les habitants d'Ilulissat les parquent. La vue des garçons excite manifestement les molosses, qui hurlent et tirent sur leurs chaînes. Les seules visites qu'ils reçoivent étant celles de leurs maîtres qui viennent les nourrir, leurs babines laissent dégouliner des filets de bave.

— Yanis, on devrait vraiment y aller là.

— Oui, tu as raison. On se casse.

Mais, en se retournant, les garçons ont une bien mauvaise surprise. Un énorme chien, charpenté pour chasser l'ours blanc, s'est détaché. Il est là, à quelques mètres seulement, et leur barre la route en traînant sa chaîne derrière lui. Il regarde les ados, menaçant, les crocs sortis.

— Il est enragé ou quoi ? demande Yanis.

Le chien s'approche doucement des deux garçons, les oreilles dressées, prêt à bondir.

Même s'ils partent en courant, ils n'ont aucune chance de lui échapper.

Vicky et Fatou n'arrivent pas à trouver le sommeil. Elles n'ont pas l'habitude de ce soleil qui brille même en pleine nuit. Alors, ensemble, elles ont d'abord regardé les dessins que Vicky réalise chaque jour pour raconter l'aventure. Fatou n'en croyait pas ses yeux. Jamais elle n'avait partagé le regard sensible de son amie. Depuis qu'elles se connaissent, Vicky avait toujours gardé ses croquis pour elle.

Assises sur un des lits de leur chambre, elles contemplent maintenant la mer et les icebergs à travers la fenêtre en discutant, devant ce paysage qui leur paraît toujours irréel. La tranquillité de la pièce et la beauté du décor sont propices aux confidences. Vicky parle de ses parents et raconte qu'ils se sont rencontrés en Australie, pays de sa mère et que son père visitait, et qu'ils ont décidé ensuite de s'installer à Annecy.

— La première fois que je suis allée en Australie avec ma mère, elle m'a emmenée rencontrer les Aborigènes. Elle est passionnée par leur culture. Tout est beau chez eux, ce sont de vrais artistes. Ils ont des chants, des peintures et des danses incroyables. C'est ça qui m'a donné envie de devenir ethnologue. J'adorerais passer du temps chez eux, raconte Vicky avec, dans les yeux, une lueur qui rappelle l'intensité de cette rencontre du bout du monde.

— C'est ta mère qui t'a appris à dessiner ?

— Oui. Mon père, il n'en a que pour les maths : il est expert comptable. D'ailleurs, il n'était pas chaud pour la Team Aventure. Il me disait : « Vicky chérie, la vie ce n'est pas seulement s'amuser. L'an prochain tu as le brevet et bla bla bla. » Enfin, tu vois ce que c'est. Et toi Fatou, ils t'ont soutenue tes parents ?

— Ma mère n'a pas été facile à convaincre, crois-moi ! Et ça fait des années que je n'ai pas vu mon père. Il vit au Gabon. Il ne sait pas que je suis là. Il donne des nouvelles parfois mais ma mère lui en veut d'être parti. Ils ont divorcé quand j'avais neuf ans.

Tout d'un coup, on frappe à la porte.

— Les filles, c'est Alice !

Fatou et Vicky sautent du lit pour lui ouvrir.

— Vous savez où sont les garçons ?

— Ils dorment, non ? s'étonne Vicky.

— Je suis passée contrôler leur chambre. Il n'y a personne.

— Mais c'est quoi ce délire ? s'énerve Fatou.

— Habillez-vous. Il faut qu'on les retrouve.

Fatou et Vicky enfilent leurs salopettes et rejoignent Alice. Par où commencer ? Un sentiment de découragement les envahit. Les filles ne peuvent s'empêcher de penser au pire : pourvu qu'ils n'aient pas été enlevés !

Tout d'un coup, Fatou aperçoit des traces de bottes taille ado dans la neige, les mêmes que celles de la Team Aventure. Il n'y a plus qu'à remonter cette piste. Fatou, Vicky et Alice partent en courant et, sur le chemin, Alice interroge tous ceux qu'elle croise. Les filles ne se doutaient pas qu'elle maîtrisait aussi bien le groenlandais. Malgré les circonstances, elle fait preuve de beaucoup de sang froid. Un Inuit dit enfin avoir vu les deux garçons. Il désigne du doigt la petite colline, d'où l'on entend les chiens aboyer.

— Oh non... J'espère qu'ils ne sont pas allés voir les chiens, s'inquiète Alice.

L'homme leur propose aussitôt de les emmener en voiture. Une fois arrivée en haut, Alice appelle Yanis et Hugo à en perdre la voix. Mais ils ne répondent pas.

— Je les vois ! s'écrie soudain Fatou.

— Mais ils sont encerclés par les chiens ! panique Vicky.

Sans attendre, l'Inuit retourne à sa voiture et sort un fusil du coffre. Il ordonne à Alice, Fatou et Vicky de rester près du véhicule puis s'enfonce au milieu des chiens, d'un pas sûr. La meute gronde mais, à sa vue, elle semble déjà s'apaiser. L'homme siffle et crie en groenlandais jusqu'à ce que le chien détaché finisse par l'apercevoir. Le molosse le regarde avant de se tourner vers les garçons, puis vers l'homme à nouveau, comme s'il hésitait. L'Inuit avance calmement mais le chien se rapproche encore des garçons, à tel point qu'Hugo et Yanis, serrés l'un contre l'autre, pourraient presque le toucher. L'Inuit crie une nouvelle fois et arme son fusil. Le chien lui lance un dernier regard et finit par se calmer. Il recule et trotte jusqu'à lui avant de se coucher à ses pieds, sur le dos, dans un geste de sou-mission. L'homme récupère sa chaîne arrachée et l'attache comme il peut à l'écart des autres animaux.

— Yanis, Hugo, venez ici calmement. Surtout, ne courez pas, leur intime Alice. Mais, à peine ces mots prononcés, les deux garçons détalent vers elle à toute vitesse en criant. Les chiens qu'ils croisent sur leur chemin sautent dans tous les sens. Les garçons se ruent alors vers les filles et se cachent derrière la voiture en reprenant leur souffle.

— On a failli mourir ! On a failli mourir ! répète Hugo sans s'arrêter pendant que Yanis, muet, reste derrière Alice.

L'Inuit revient vers le groupe et range son arme. Son regard traduit un profond énervement.

— C'est bon. Les chiens vont se calmer. Il ne faut jamais revenir ici, prévient-il d'un ton très sévère.

Alice demande aux garçons de présenter leurs excuses, qu'elle traduit en groenlandais.

— Maintenant, tout le monde va se coucher, ordonne la cheffe d'expédition une fois au gîte.

— Encore pardon Alice. On n'aurait pas dû faire ça, répond Hugo, embarrassé. Yanis, lui, reste silencieux.

— Vous m'avez manqué de respect et vous nous avez tous mis en danger. Je suis vraiment en colère.

CHAPITRE 5
L'INCROYABLE RENCONTRE

Le lendemain matin, il est à peine 5 heures lorsqu'Alice entre avec fracas dans la chambre d'Hugo et Yanis.

— Mettez vos baskets et habillez-vous chaudement. On va courir. On va voir si vous êtes capables de la faire, cette expé.

Les deux garçons ont le visage encore chiffonné de sommeil, mais ils s'exécutent sans rechigner. Les filles ne sont pas conviées à ce footing matinal. Alice s'élance et, à peine sortie, elle court d'un bon pas.

— Dépêchez-vous, dit-elle sèchement. Je ne vais pas vous attendre tous les dix mètres.

Les garçons suivent comme ils peuvent, essoufflés, dans le froid, jusqu'au bord de la mer, où ils courent sur un petit chemin tapissé de neige fraîche.

— On va aller en haut de la colline, là-bas.

— Alice, il y a trop de neige. On ne peut pas marcher là-dedans, fait remarquer Hugo.

— C'est ce qu'on va voir. Tu passes devant.

Hugo hésite puis se lance, sous le regard insistant d'Alice. Yanis le suit. À mesure qu'ils avancent, leurs jambes s'enfoncent dans la neige. Leur progression est difficile et, quand ils tentent de se dégager, ils n'y parviennent pas. Au contraire, plus ils s'appuient sur la neige pour se hisser hors des trous, plus ils s'enfoncent. Les deux garçons se tournent vers Alice, restée à l'arrière. Elle finit par les rejoindre en avançant tranquillement. Est-elle magicienne pour marcher comme ça sur la neige ?

Peut-être qu'elle a des chaussures spéciales, se demande Yanis.

Une fois à sa hauteur, elle s'accroupit, le saisit par le bras et, après quelques efforts, le tire du trou où il

s'est enfoncé. Yanis ne pensait pas qu'elle pouvait avoir autant de force. Quant à Hugo, il est bien plus empêtré encore. Il faut plusieurs tentatives pour qu'Alice et Yanis parviennent à le dégager, mais sa basket gauche reste au fond du trou. Alice doit se coucher sur la neige et y plonger le bras pour la récupérer. Les garçons l'observent, piteux. Ils ont les pieds trempés et sont transis de froid.

— Pour ne pas vous enfoncer, il faut réfléchir un peu. Ne courez pas comme des dératés. Tassez d'abord la neige pour voir si elle tient et, ensuite, marchez là où c'est solide, énonce Alice aux garçons.

Imitant leur guide, Yanis et Hugo redescendent jusqu'au petit chemin, en grelottant. Elle sort des chaussettes en laine, sèches et bien chaudes, ainsi que des chaufferettes de son sac à dos. Ils se changent à toute vitesse.

— Pourquoi est-ce que je vous ai emmenés sur cette colline, à votre avis ?

Les deux garçons ne savent pas quoi répondre.

— C'est tout simple, reprend Alice. Le Groenland, ça n'a rien à voir avec Annecy. Vous pouvez faire les malins autant que vous voulez mais ici, les règles sont différentes et vous avez besoin de moi. Hier soir, ça aurait pu très mal tourner. Je ne vous ferai aucun cadeau sur le respect des consignes de sécurité.

Alice parle sur un ton tellement autoritaire qu'on dirait la réincarnation de monsieur Cheval. Cette blague a beau effleurer l'esprit de Yanis, pour une fois, il préfère la garder pour lui.

— Encore une bêtise comme ça et je vous renvoie en France.

Alice demande aux garçons de préparer le petit déjeuner pour se faire pardonner. Mais, avant cela, ils filent prendre une bonne douche chaude. À leur arrivée, les filles sont accueillies par une table digne de reine : des tartines beurrées dégoulinantes de confiture, de grands bols de céréales noyées dans leur lait, du chocolat chaud onctueux... Mais surtout, Fatou et Vicky n'en reviennent pas qu'Hugo et Yanis se soient levés avant elles. Une grande première !

— Il ne faut pas traîner, les jeunes, finit par dire Alice. On a rendez-vous au port.

Sur place, les aventuriers découvrent un lieu étonnant. Un peu partout, de petits icebergs sont coincés contre les quais ou au milieu du chenal. Les bateaux sont obligés de les contourner pour emprunter l'étroite sortie qui mène vers la mer. D'immenses porte-containers sont également en plein déchargement. Ils viennent ravitailler la ville en fruits, en légumes, en vêtements ou en soda. Des dizaines de petits bateaux à moteurs sont alignés en face d'eux. Ce sont les embarcations des pêcheurs groenlandais. Sur l'une d'elles, des hommes débarquent des caisses de poisson frais. Des goélands traversent le ciel en donnant de la voix. Un peu plus loin, un petit bateau gris et rouge attend la Team Aventure. On dirait une petite coquille de noix en métal.

— Alice, vu que tu m'as dit de réfléchir avant de faire des trucs stupides, je me demande si c'est intelligent de monter sur ce bateau, hésite Hugo, qui est le seul à ne pas avoir encore embarqué.

— Et revoilà le trouillard ! lance Fatou.

— On peut y aller, Hugo, je connais bien ce bateau. Il est parfait pour ce qu'on a à faire, le rassure Alice.

Une fois tout le monde à bord, Fatou joue à la présentatrice télé et se filme avec une petite caméra accrochée au bout d'une perche.

— Mesdames et messieurs, bonjour. Bienvenue dans le journal de Télé Aventure. Dans quelques instants, nous allons rejoindre un glacier immense. C'est de là que viennent les icebergs qu'on voit dans la baie d'Ilulissat. Cette glace qu'on trouve dans l'océan arrive directement de la calotte polaire. Mais c'est quoi, la calotte polaire ? Demandons à notre journaliste, Yanis Chedid. Bonjour Yanis !

Yanis est pris par surprise. Il n'avait pas prévu de parler et improvise :

— Euh, ben, euh... Oui Fatou. Bonjour. Oui. Alors, c'est quoi la calotte polaire... Ben je dirais, tu vois, enfin vous voyez Fatou, la calotte polaire, c'est un des endroits dans le monde où il y a le plus de glace. C'est un vrai congélateur. Ah, euh... Un autre truc : cette glace, elle est posée sur la terre ferme. Sauf qu'elle glisse doucement vers la mer. Ça peut prendre des années. Une fois qu'elle est arrivée dans la mer, ça crée des icebergs comme ceux qu'on voit partout ici.

— Merci beaucoup, cher confrère. C'était Yanis Chedid, en direct d'Ilulissat pour Télé Aventure.

Le bateau sort du petit port. Il est piloté par deux Groenlandais qui restent bien au chaud, dans la cabine où se trouvent les commandes. Ils sont aussi larges que des armoires de grand-mère et sont concentrés sur la navigation. Avant de rejoindre les eaux libres de l'océan, le bateau va devoir se faufiler entre des centaines de petits morceaux de glace, gros comme des ballons de rugby, qui flottent sur l'eau les uns contre les autres.

À l'arrière du bateau, sur le pont extérieur, Fatou relit des notes qu'elle répète à haute voix. Puis elle donne sa caméra à Vicky pour qu'elle la filme.

— Fatou, bonjour !

— Bonjour, Vicky.

— Alors, pour Télé Aventure, pouvez-vous nous dire ce qu'est la banquise ?

Fatou se racle la gorge. Elle prend son ton de maîtresse d'école et récite ce qu'elle a appris par cœur.

— Très bonne question, Vicky. La banquise, c'est de l'eau de mer qui se transforme en glace, à la surface de l'océan. Elle peut être toute fine ou très épaisse.

Les Inuits l'utilisent pour se déplacer en traîneau ou en motoneige quand elle est assez solide. Il faut savoir que la banquise se forme en automne, avant de fondre

quand il fait plus chaud. La glace redevient alors de l'eau de mer.

— Merci beaucoup professeur Fatou, en direct de la banquise.

Les deux filles se dirigent ensuite vers la cabine de pilotage. Elles ne veulent rien manquer de la manœuvre qui doit permettre à l'embarcation de se dégager de la glace. Le bateau se fraye un chemin avec difficulté car la glace tape contre sa coque et le fait trembler. Les aventuriers s'accrochent à tout ce qu'ils peuvent pour ne pas se casser la figure. Vicky, elle, est concentrée sur la caméra. Les pilotes mettent les gaz lorsqu'un morceau de glace plus gros que les autres leur bloque le passage. Dans un dernier rugissement, le bateau finit par surmonter l'obstacle et entre dans les eaux libres. Il tangue de gauche à droite comme un bouchon de liège, ballotté par les courants. Les aventuriers crient de joie, ce qui fait rire leurs chauffeurs. Devant eux, flottent de petits monticules de glace qui annoncent les immenses icebergs à venir.

— Maintenant, on ouvre l'œil. À cette saison, on peut voir des baleines par ici, avertit Alice.

Cette annonce fait basculer l'ambiance sur le bateau. Les quatre aventuriers, impatients, sortent leurs jumelles. Mais comment trouver les baleines ?

— Il faut essayer de repérer leurs souffles, explique Alice. Regardez bien la surface de l'océan. Si vous voyez un jet d'eau surgir, c'est qu'il y en a une.

La cheffe d'expédition répartit les aventuriers sur le bateau. Chacun doit surveiller une portion de mer.

Hugo et Fatou regardent vers l'arrière, Vicky et Yanis vers l'avant. Alice ne les a jamais vus aussi concentrés. Si une météorite s'écrasait derrière eux, ils ne s'en apercevraient même pas.

— Une baleine ! crie Vicky, soudain survoltée.

Les autres la rejoignent en courant. Fausse alerte. Ce n'était que de l'écume à la surface des vagues.

L'embarcation approche maintenant des icebergs géants et, à côté d'eux, le bateau paraît minuscule. La seule fois où Fatou a ressenti une telle sensation, c'est le jour où sa tante l'a emmenée au pied de la tour Eiffel.

— J'ai vu un souffle ! En face de nous ! s'écrie Hugo, affolé.

Cette fois-ci, c'est la bonne. À cent mètres, droit devant le groupe, une baleine nage au pied des icebergs. Son jet puissant jaillit dans le ciel.

— Elle est gigantesque, s'extasie Yanis, tandis que le dos du cétacé émerge des flots.

— Je crois que vous n'êtes pas les seuls à avoir la grosse tête ici, les garçons, glisse malicieusement Fatou.

Massés à l'arrière du bateau, les aventuriers poussent de petits cris lorsqu'apparaît la queue de la baleine. Dans ce décor paisible, le bruit de son souffle s'entend à des dizaines de mètres à la ronde. Alice de-

mande alors aux pilotes de ralentir et aux aventuriers électrisés de se taire.

— On va la laisser approcher. C'est elle qui va décider de venir nous voir ou non.

Un silence extraordinaire règne sur le bateau. On n'entend que le mystérieux cétacé et le clapotis de l'eau. Le groupe peut maintenant bien mieux distinguer l'immense mammifère, l'évent d'où son souffle jaillit, sa robe bleu foncé. Vicky fixe cette extraordinaire rencontre sur ses cartes mémoires. Elle a sorti son appareil photo et un objectif plus grand qu'elle pour photographier la baleine de loin.

— C'est une baleine à bosse, affirme Alice. On l'appelle comme ça à cause de la petite bosse qu'on voit devant l'aileron, sur son dos. Vous êtes chanceux, on dirait !

Le cétacé finit par plonger.

— Regardez bien autour de vous, elle peut sortir n'importe où, commande Alice.

— Même sous le bateau ? interroge Hugo, pas très rassuré.

Personne ne lui répond. Alice, Yanis, Fatou et Vicky n'en ont que pour le cétacé, qu'ils cherchent partout. Soudain, la tête de la baleine émerge à quelques centimètres seulement de la coque, tellement près que son souffle rafraîchit le visage des ados, réunis contre les barrières de protection du navire. Ses immenses nageoires blanches flottent à la surface de l'eau, comme de grands cerfs-volants. Vicky a les larmes aux yeux et Fatou garde la bouche ouverte, subjuguée. Hugo fait des selfies avec la baleine derrière lui, malgré son air un peu crispé. Quant à Yanis, il commente tout ce qui se déroule sous ses yeux :

— Vous avez vu ? Elle doit faire deux fois la taille du bateau ! Vous entendez les bruits qu'elle fait ? On dirait un chat qui ronronne !

— Vicky, il faut absolument réussir à photographier sa queue, demande soudain Alice.

Vicky retrouve ses esprits et se tient prête. Elle scrute la baleine, qui reste quelques instants immobile avant de plonger et de passer sous le navire avec calme. Un coup de queue et elle pourrait faire voler la petite coquille de noix sur laquelle navigue la Team Aventure. Mais elle ressort tranquillement, de l'autre côté, se dirigeant vers l'horizon en soufflant, et finit par plonger. Sa queue s'élève alors vers le ciel. Vicky ne se fait pas prier et multiplie les clichés. La queue apparaît parfaitement sur ses photos et Alice, euphorique, la prend dans ses bras.

— Bravo Vicky ! On va envoyer ces images à des chercheurs que je connais, explique-t-elle. Pour les baleines, la queue, c'est comme une empreinte digitale. C'est elle qui permet de reconnaître les animaux. Grâce à tes clichés, on saura si celle-ci est déjà répertoriée. Qui sait ? Peut-être qu'on a découvert un nouvel individu !

Le mystérieux mammifère a disparu en laissant derrière lui quatre adolescents sous le choc ! Le bateau reprend sa route. Il s'enfonce en direction du glacier d'où proviennent les icebergs qui l'entourent. Dans l'atmosphère résonne parfois le bruit si particulier de leurs craquements. Soudain, un morceau de glace imposant se détache et s'effondre dans la mer, faisant sursauter l'équipage. Le choc fait onduler la surface de l'eau. Les marins, vigilants, tiennent le bateau à bonne distance. Dans ce labyrinthe glacé, les rayons du soleil qui parviennent à transpercer les nuages ricochent sur les façades blanc et bleu des icebergs. En transparence, on aperçoit alors la partie immergée d'un des géants de glace.

— Vous vous rendez compte ? demande Alice. Quand un iceberg fait dix mètres en surface, ça veut dire qu'il y a cinquante à cent mètres de glace sous l'eau.

— Eh bien, déjà qu'ils sont bien impressionnants ici, je ne sais pas si j'aimerais voir ce qu'il y a dessous ! commente Fatou.

Après quelques minutes de navigation, le bateau s'arrête. Impossible pour lui d'aller plus loin. Des icebergs qui s'érigent comme des statues immobiles à une centaine de mètres barrent le passage de l'embarcation. La glace ne bouge presque pas. Elle semble échouée. Avant de rebrousser chemin, Alice demande à Yanis de préparer tout le matériel nécessaire pour faire des images aériennes. Elle veut qu'il filme les icebergs vus du ciel.

— Vous allez voir comme c'est impressionnant, toute cette glace qui se jette dans l'océan, explique-t-elle.

Yanis sort minutieusement son drone d'une caisse métallique et vérifie la stabilité de la petite caméra. Puis il le met en marche et le teste en le faisant planer juste au-dessus du sol. Paré au décollage ! Avant de partir d'Annecy, il s'est entraîné à utiliser tous les gadgets à sa disposition. Au signal d'Alice, le jeune aventurier fait s'envoler le drone. Dans le même temps, Vicky griffonne quelques notes sur un papier puis commence à se filmer.

— Mesdames et messieurs, les plus grands icebergs de l'hémisphère Nord partent de ce glacier. On dit même que celui qui a coulé le Titanic venait d'ici.

Le drone prend de la hauteur, il s'approche des grands icebergs et les survole lentement. Les géants défilent sur la tablette de Yanis, qui sert d'écran de contrôle. Certains paraissent interminables. Au loin, on aperçoit aussi le front d'un immense glacier qui se jette dans la mer.

— Merci pour ces images, cher confrère, commente toujours Vicky, qui parle comme si elle était en direct à la télé. Grâce à vous tous les collégiens de France vont savoir à quoi ressemble le monde des glaces.

Sur ce, la petite équipe se réfugie dans la coque pour se réchauffer. Un des pilotes groenlandais leur apporte des paquets de biscuits et du thé avant de s'asseoir avec eux pour regarder les images de la journée. À la vue des icebergs, ses yeux s'illuminent : jamais il n'a eu la chance de les survoler. Mais lorsque le glacier apparaît sur l'écran, son regard change...

— Quand on avait votre âge, se souvient-il en laissant Alice le traduire, le glacier n'était pas aussi loin. C'est terrible de le voir comme ça. Il a énormément reculé. Avant on ne pouvait pas s'avancer autant.

— C'est à cause du réchauffement climatique, c'est ça ? demande Fatou, guettant la confirmation d'Alice.

— C'est ce qu'on dit oui, continue-t-il, après avoir avalé une gorgée de thé. Je suis né dans un petit village tout près d'ici, où on allait pêcher sur la banquise tout l'hiver. Aujourd'hui, c'est devenu très difficile car les saisons ne sont plus les mêmes. La mer gèle beaucoup moins longtemps. On ne peut plus pêcher comme avant. J'ai même dû me séparer de mes chiens : je ne pouvais plus travailler autant avec eux et ils me coûtaient très cher. Ils me manquent beaucoup.

Le bateau poursuit sa route. Depuis la petite cabine, debout derrière la barre, Yanis, Fatou, Hugo et Vicky contemplent le paysage.

— Je ne pensais pas qu'un si grand glacier pouvait disparaître, déplore Vicky.

— C'est complètement fou, commente Yanis. Ils n'ont pas de voiture, ils ne prennent jamais l'avion... C'est pas de leur faute le réchauffement climatique. Mais ça change tout pour eux.

— Mais chez nous, c'est pareil. Vous connaissez ce super beau glacier qui s'appelle la « Mer de glace », pas loin du Mont-Blanc ? demande Hugo. Ma mère m'a dit que, quand elle était petite, il était beaucoup plus grand que maintenant.

— Moi, j'ai lu que si la calotte polaire fond en entier, la mer montera de six mètres partout dans le monde, poursuit Fatou.

— Six mètres ? C'est plus haut que nous quatre réunis ! calcule Hugo.

— Si ça arrive, il y a plein de gens qui devront abandonner leurs maisons, ajoute Fatou.

Le petit bateau finit par rallier Ilulissat. Yanis, Hugo, Fatou et Vicky disent au revoir à leurs guides. Sur le chemin du gîte, ils ne cessent de parler de ce qu'ils viennent de voir, de l'extraordinaire surprise que leur a offert la baleine venue à leur rencontre, de ces hommes qui doivent se séparer de leurs chiens et ne peuvent plus vivre comme avant.

Après le dîner, la petite bande se réunit dans la chambre des garçons pour écrire le blog. Hugo et Yanis s'attaquent au récit de la journée. Vicky trie les photos et les vidéos du jour. Quant à Fatou, elle est exténuée. En glissant dans le sommeil, elle vient poser sa tête sur l'épaule d'Hugo qui n'ose plus bouger, mais dont le cœur s'emballe. Quelques instants plus tard, Fatou se réveille en sursaut et part se coucher.

Les lumières finissent par s'éteindre. Demain, après une bonne nuit de repos, Hugo, Fatou, Vicky et Yanis s'envoleront vers Aappilattoq, plus au nord. Au beau milieu du territoire des ours et des narvals.

CHAPITRE 6
PIERCINGS ET FOOT POLAIRE

Un sweat rose affichant « UNIVERSITY ILULISSAT », des magnets « I LOVE GREENLAND »... Avant de décoller, Fatou, Hugo et Yanis dévalisent le magasin de souvenirs de l'aéroport. Vicky, elle, n'a acheté qu'une peluche, tellement douce qu'elle semble couverte de soie. C'est un bélouga, une petite baleine blanche qui habite les eaux de l'Arctique. Évidemment, Yanis ne peut s'empêcher de faire une réflexion :

— C'est tellement gamin d'avoir un doudou à ton âge.

— Tu pourras dormir avec, Yanis, ne sois pas jaloux, rétorque Vicky, qui ne se laisse plus démonter.

Et puis, c'est un cadeau pour la Team Aventure. Il nous faut une mascotte.

Commence une séance de jus de crâne pour lui trouver un nom. Vu sa couleur, Fatou propose de

l'appeler Flocon. Yanis, lui, suggère Olaf, comme le bonhomme de neige du dessin animé.

— Parce que tu as vu *La Reine des neiges*, toi ? se venge Vicky.

Yanis jure que non et s'embourbe dans des explications vaseuses, qu'aucun de ses compagnons ne croit. Difficile d'admettre qu'il est fan de Booba, le rappeur qui cogne, et de Walt Disney en même temps.

Hugo, lui, assume : *La Reine des neiges*, il l'a regardé au moins cinquante fois avec sa petite sœur. Et cette peluche, elle est trop classe. Il la frotte contre son visage et lui parle comme à un bébé. Des gazouillis d'Hugo naît une idée lumineuse. Elle est signée Vicky :

— Vu que cette peluche est mignonne comme un nourrisson et qu'elle ressemble à un bélouga, on devrait l'appeler « Bébélouga ».

Fatou a les yeux du chat Potté dans *Shrek* :

— Bébélouga, j'adore !!!

Hugo valide aussi. Quant à Yanis, le « rappeur au bois dormant », il fait mine de ne pas avoir d'avis, mais on voit qu'il n'est pas contre. Une petite photo et voici Bébélouga propulsé sur le profil Facebook de la Team Aventure. Résultat : 200 likes en dix minutes.

Alice exulte en découvrant la nouvelle mascotte.

— Vous savez, moi aussi je dors avec le doudou de mon enfance. C'est un petit chien qui s'appelle Bingo.

Ce qui provoque une explosion de rire générale.

Mais l'heure est venue de quitter Ilulissat. Pour rejoindre Aappilattoq, il faut prendre un petit hélicoptère. C'est une première pour nos quatre aventuriers et elle ne ravit pas Fatou. Elle jure sur la tête de Bébélouga qu'elle ne mettra jamais les pieds dans cette libellule de ferraille, et c'est finalement l'air moqueur d'Hugo qui la pousse à monter à bord. Les hélices se mettent en marche. Les garçons crient et agitent leurs mains face à eux, comme pour lancer une ola. Assise à côté du pilote, Vicky filme ces instants mémorables. Quant à Fatou, elle se cache dans les bras d'Alice pour ne pas regarder le sol qui s'éloigne.

L'hélicoptère met le cap au nord. La baie d'Ilulissat et ses icebergs géants disparaissent. En quelques minutes, un monde plus sauvage encore se donne à voir. À mesure que l'hélicoptère avance, la banquise grandit. On dirait un drap blanc tendu sur la mer. En son cœur sont emprisonnés des icebergs et, à sa lisière, l'océan sombre s'offre au regard jusqu'à l'infini. À terre, de la neige est saupoudrée comme un filet de sucre glace,

sur les côtes brun, vert et jaune. Les maisons qui apparaissent ici ou là ressemblent à de petites maquettes réparties dans l'immensité.

Aappilattoq se distingue enfin à l'horizon.

— On dirait le village d'*Astérix*, mais chez les Inuits, s'amuse Hugo.

Quelques maisons, surplombées d'un cimetière rempli de croix blanches, sont concentrées sur une colline qui se jette dans la mer couverte de banquise. Aappilattoq, c'est le bout du monde. Même chez les Aborigènes, Vicky n'avait pas vu de lieu aussi isolé.

L'hélicoptère se pose enfin près du village.

Quel silence !

Ici, il y a beaucoup plus de neige qu'à Ilulissat. Les températures sont aussi plus froides. Le vrombissement d'un moteur vient soudain troubler le calme ambiant. Deux scooters des neiges s'approchent de l'hélicoptère. À leur arrivée, l'un des Inuits se jette dans les bras d'Alice. Ils s'embrassent et se parlent en groenlandais. Ils ont l'air tellement heureux de se retrouver.

Sur le second véhicule, un adolescent attend en souriant. Quand elle croise son regard, Vicky s'envole sur la lune. Elle est littéralement scotchée. C'est le Brad Pitt de l'Arctique ! Il est grand, les cheveux noirs. Il doit avoir seize ans. La beauté incarnée. Alice s'approche de lui et le serre dans ses bras à son tour.

— Les jeunes, je vous présente mes deux meilleurs amis : voici Ole et son fils, Peter.

— *Hello ! How are you ?* lance Peter, qui parle un peu anglais.

Les Français lui répondent par un bonjour timide. Ole a un visage d'une grande douceur, des yeux malicieux, une barbe poivre et sel de trois jours, et des cheveux courts très foncés. Sa peau est cuivrée, tannée par le vent et le soleil. Il s'approche des nouveaux venus et leur serre la main chaleureusement en leur disant « *aluu* » – « salut » en groenlandais. Puis, avec son fils, il aide la petite équipe à charger ses affaires sur des traîneaux attachés aux motoneiges. Vicky et Fatou montent derrière les pilotes tandis que Yanis, Hugo et

Alice prennent place à côté des bagages. Et c'est ainsi que le petit convoi rejoint le village. Partout, on voit des chiens et, ici ou là, des enfants en train de jouer et de se rouler dans la neige. Un couple se promène en poussant un landau. Une vieille dame remonte vers sa maison en portant des jerricans pleins à ras bord.

— À Aappilattoq, les habitants n'ont pas l'eau courante. Ils doivent aller en chercher tous les jours à la fontaine, explique Alice.

La Team Aventure rejoint une jolie maison jaune. C'est celle d'Ole. Des traîneaux sont garés devant et de la fumée sort de la cheminée. Autour de la bâtisse, des chiens enchaînés hurlent. Hugo et Yanis se jettent un regard qui en dit long. D'un ton sec et autoritaire, Ole calme ses animaux. Les aventuriers gelés entrent dans la maison. Ils enlèvent leurs chaussures, comme le veut la tradition groenlandaise. Quel soulagement ! Le cocon d'Ole est surchauffé et, à la grande surprise des jeunes Annéciens, on y trouve tout le confort moderne. Le contraste entre le village et l'intérieur de la maison est saisissant. Un immense écran plat recouvre tout un mur du salon et une Playstation y est reliée. Deux petits garçons s'y livrent une partie endiablée de *Pro Evolution Soccer*.

— Je ne pensais pas qu'ils avaient des consoles ici, s'étonne Hugo tout haut, en les observant. Alice, tu pourrais leur demander si je peux jouer contre le gagnant ?

Yanis, lui, regarde les icebergs défiler dehors. La maison est construite face à la mer et des jumelles sont posées sur le rebord de la fenêtre du salon, qui donne sur l'océan.

— Comme ça, dès qu'on voit un phoque passer, on peut aller le chasser, lui glisse Ole en faisant semblant de viser avec un fusil imaginaire.

Yanis le regarde, incrédule. D'autant que, pour appuyer ses mots, Ole montre fièrement la dépouille d'un phoque, posée sur le sol de la cuisine, dans l'attente d'être dépecée. Dire que c'est la première fois que les aventuriers voient un phoque et qu'il est mort !

Fatou se met la main devant la bouche et regarde ailleurs, dégoûtée. Yanis a un haut le cœur et retourne au salon. Vicky, elle, n'y prête même pas attention. Postée devant la fenêtre de la cuisine, elle est littéralement absorbée par Peter, resté dehors pour nourrir les chiens, debout et calme au milieu de la meute.

Assise sur une chaise au-dessus du phoque mort, une jeune fille pianote frénétiquement sur son portable sans prêter la moindre attention à l'animal qui gît à ses pieds. Son texto envoyé, elle lâche son smartphone pour saluer les deux filles du groupe, qui la dévisagent.

Pipaluk – c'est son nom – est la petite sœur de Peter. Elle est habillée en noir de la tête aux pieds. Mais elle a surtout les cheveux doré et noir, un anneau dans le nez et d'autres dans les oreilles.

— C'est mon look qui vous étonne ? dit-elle aux filles en souriant.

Alice, amusée, traduit l'échange.

— C'est-à-dire que... je m'attendais plutôt à des gens habillés avec des peaux d'animaux et des grosses vestes à capuche fourrées, répond Fatou.

Pipaluk éclate d'un rire joyeux.

— Et vous pensiez qu'on habitait dans des igloos, pas vrai ?

Elle explique qu'elle a bien des vêtements de ce genre mais seulement pour aller dehors, ou pour partir sur la banquise. Ah, et elle est complètement fan de

Twilight, d'où son style gothique. Comme elle voulait absolument des piercings, elle a trouvé une solution grâce à une chaîne YouTube.

— Un type racontait comment les faire soi-même et ça m'a tout de suite plu. Un de mes potes a commandé tout le matériel nécessaire et, quelques mois plus tard, on l'a reçu par le bateau qui ravitaille le village. C'est là qu'il a commencé à tous nous percer !

— C'est trop drôle ! s'exclame Vicky. Moi qui pensait qu'il n'y aurait sûrement pas Internet jusqu'ici. C'est tellement loin de tout. En fait, vous êtes comme nous, sur YouTube et devant *Twilight* !

— Enfin, presque comme nous, modère Fatou, manifestement bloquée sur les piercings.

— Oui, au contraire, Internet c'est super important pour nous, répond Pipaluk. Vous imaginez comme c'est difficile de garder des liens avec ces longues distances ? En tout cas, si ça vous dit de vous faire percer demain, je peux envoyer un texto à mon pote. Ça t'irait bien un anneau sur le sourcil, Fatou.

La boxeuse s'esclaffe avant de décliner la proposition. Sa mère la ferait emprisonner si elle rentrait avec un piercing !

En cette première journée, les aventuriers prennent leurs quartiers dans la maison d'Ole. Pendant leur séjour, ils dormiront tous ensemble, dans le salon. Rien d'anormal au Groenland. D'ailleurs, Ole, son épouse et leurs deux petits garçons partagent aussi la même pièce. Seuls Peter et Pipaluk ont leurs propres chambres. Dans le salon, Yanis et Hugo ont du fil à retordre avec les deux petits garçons, qui sont les rois de la Playstation. Heureusement que Fatou est là pour gagner quelques parties.

Le soir, Ole et sa femme préparent une soupe de phoque. Hugo et Fatou n'ont soudainement « plus très faim ». Seule Vicky, polie, en goûte un peu avant de se retirer aux toilettes. Malin, Yanis choisit ce moment pour sortir son kilo de pâtisseries orientales et l'offrir à Ole : « Cadeau de la part de mon père. » Bien joué ! Pour ce soir, au menu de nos aventuriers, il y aura finalement des loukoums et des cornes de gazelles !

Dès le lendemain, les choses sérieuses commencent. Avant de partir à la recherche des narvals les collégiens doivent apprendre à tenir sur un kayak groenlandais, ce qui n'a rien d'évident. Peter joue les profs. Devant sa maison, le fils d'Ole a installé un kayak blanc posé sur deux tréteaux. Il se glisse à l'intérieur avec beaucoup de dextérité et de souplesse. Yanis, Hugo, Fatou et Vicky le regardent faire semblant de pagayer avec attention.

— Il faut que votre pagaie glisse sur l'eau. Si vous faites trop de bruit, les narvals vont fuir. D'ailleurs ne criez jamais quand ils sont autour de vous, prévient-il.

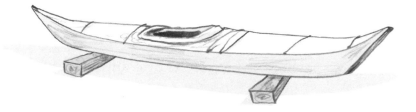

Fatou se lance en premier. Il lui faut cinq tentatives pour parvenir à se glisser dans le kayak. L'espace est très étroit et elle doit se tortiller dans tous les sens. Hugo, lui, pagaye à deux mille à l'heure, de quoi effrayer tous les narvals de l'Arctique. Yanis a un problème d'équilibre. Il se déhanche tellement que le kayak se couche sur le côté. Alice le redresse juste avant qu'il finisse à terre. Vicky, quant à elle, regarde Peter comme un héros. Quand vient son tour, le jeune chasseur lui tient la main pour l'aider à monter dans le kayak. Elle s'y glisse doucement, du premier coup. Étape 1, réussie. Puis elle prend la pagaie et l'utilise tout en douceur. Étape 2, validée. Mais, au moment de sortir, elle reste coincée, panique et se met à crier jusqu'à ce que son moniteur groenlandais vienne l'aider. Étape 3, ratée.

— Je crois que ce n'est pas gagné, souffle Alice à l'oreille de Peter.

L'apprentissage se poursuit par le maniement du harpon. C'est cet outil que les aventuriers vont utiliser pour poser les balises sur les narvals. Cette longue tige de bois, surmontée d'une flèche meurtrière, leur paraît tellement fragile. Dire que c'est avec cette arme, toute simple, que les Inuits chassent d'habitude les énormes licornes de mer ! Pour la mission de la Team Aventure, la flèche sera remplacée par une petite balise, censée s'accrocher sur le dos de l'animal puis nous informer de sa position.

Vicky, Fatou, Hugo et Yanis s'initient au harpon sous les yeux des anciens du village. Peter donne l'exemple et atteint sa cible d'entrée de jeu. Quel talent ! Il pourrait clairement représenter le Groenland aux JO, pour les épreuves de javelot. Au tour des quatre aventuriers. Là, ça se corse : Yanis, Hugo et Fatou sont loin de la cible. Mais Vicky, galvanisée par la présence de Peter, réalise un tir parfait qui laisse ses camarades sans voix. Les anciens applaudissent à tout rompre, tandis que Peter la serre dans ses bras.

— Toi, tu me caches quelque chose, lui glisse Fatou en voyant son amie rougir.

La journée se termine par un match de foot… sur la banquise ! Face à face, la Team aventure et la Team

Appilattoq. Là encore, les Annéciens ont la surprise de voir débarquer leurs adversaires locaux dans les tenues complètes de Liverpool ou Manchester, depuis les chaussures à crampons jusqu'aux maillots. Des hommes – chasseurs, anciens du village – les suivent en pantalons de ski. Leurs femmes et leurs enfants veulent participer aussi. En tout, une trentaine de joueurs de tous âges se retrouvent sur le terrain. Le match le plus dingue qu'aient connu les ados annéciens commence, à quinze contre quinze, autour d'un ballon orange parfait pour la glace. Avec ses bottes d'expédition, Yanis, le dribleur fou, a bien du mal à montrer ce qu'il sait faire. Il est obligé de jouer simple et de faire des passes, alors que Fatou, elle, tire son épingle du jeu grâce à sa puissance. Elle marque but sur but et nargue les garçons à chaque fois. Le match se termine à 10 – 8 pour Aappilattoq.

Les jours qui suivent s'organisent entre lancer de harpon et pratique du kayak, qui se fait maintenant en mer, dans des trous d'eau laissés libres par la banquise. Les aventuriers finissent par bien connaître les habitants d'Aappilattoq, qu'ils retrouvent chaque jour à la fontaine, au petit supermarché ou à la maison commune, le seul endroit du village où l'on peut prendre une douche. Les enfants et les adolescents s'y réunissent également pour jouer au ping-pong, faire de la musique ou de la danse. Vicky est admirative de leurs talents : ils n'ont pas de prof et tout ce qu'ils savent faire, ils l'ont appris seuls. Un soir, une battle de hip-hop se lance entre une fille et un garçon inuit. Vicky les regarde avec envie, sans oser y aller, mais Yanis se dirige vers la sono et éteint la musique.

— *Ladies and gentlemen. She is very good... And she is...* Euh... une très bonne danseuse, crie-t-il. *Big up* pour Vicky !

Alors que tous les regards se tournent vers elle, Yanis remet la musique et chauffe le public en tapant dans ses mains. Vicky ne sait plus où se mettre... mais elle n'a pas le choix. Aussi, elle ferme les yeux et se lance. Pirouettes de danseuse étoile mélangées à des figures de hip-hop, le buste au sol et les jambes en l'air : elle met tout le monde d'accord. Un mélange entre le ballet de l'opéra de Paris et Usher, sur la musique des Black Eyed Peas. Autour d'elle, français et groenlandais sautent en l'air et crient. Quand la chanson se termine, elle est portée en triomphe jusqu'à chez Ole.

De son côté, Yanis devient le chouchou du village en réparant les téléphones et les ordinateurs cassés. Le bouche à oreille a fait son office et chaque jour, ou presque, on toque à la porte d'Ole pour lui demander de l'aide. Grâce à lui, des familles entières peuvent à nouveau échanger avec leurs proches les plus éloignés.

Quant à Fatou, elle se rend chaque jour à l'école, où l'attendent une dizaine d'enfants impatients. Dans le petit bâtiment rouge, elle raconte la vie à Annecy, devant des élèves fascinés par les arbres, qu'ils n'ont jamais vus en vrai. Et lorsque Fatou leur explique qu'elle se baigne dans le lac, photos à l'appui, elle gagne leur éternelle admiration. Un petit garçon lui raconte à quel point il a peur de l'eau. Ici, aller se baigner veut dire mourir tant la mer est froide. D'ailleurs, à Aappilattoq, personne ne sait nager.

Au cœur de cet univers, si loin du leur, Fatou, Vicky, Yanis et Hugo trouvent un extraordinaire terrain de jeu. Aucun d'eux ne connaissait cette vie au grand air. Alice, qui leur laisse une certaine indépendance, est heureuse de les voir si bien intégrés et l'écrit dans chacun de ses emails à monsieur Cheval, qui demande beaucoup de nouvelles, notamment de Yanis.

Un soir, alors que toute l'équipe est réunie pour rédiger l'article blog du jour et trier les photos, Ole entre en trombe dans sa petite maison.

— Grande nouvelle, les enfants ! Les narvals ont été repérés au sud ! s'exclame-t-il en retirant ses bottes.

Alice et la bande se regardent en souriant.

— Préparez-vous. Demain, on part sur la banquise pour aller les chercher !

CHAPITRE 7
VOYAGE AU CENTRE DE LA GLACE

Quatre traîneaux filent à toute allure sur l'océan gelé, seuls dans l'immensité. Les chiens qui les tirent courent à en perdre haleine. Ils sont tellement excités qu'il paraît impossible de les arrêter. Yanis, Hugo, Fatou et Vicky voient défiler le paysage à leur hauteur, assis à l'arrière du traîneau d'Ole, à quelques centimètres au-dessus de la glace. Ils voyagent ainsi depuis de longues heures. Il fait tellement froid qu'ils sont emmitouflés dans des couvertures, la tête enfoncée dans leur cagoule et dans le col de leur veste. Ole leur a

prêté des pantalons en peau d'ours, semblables au sien. Alice, Peter et Pipaluk en portent aussi. Assis devant les quatre aventuriers, le vieux chasseur dirige ses chiens en donnant de la voix et en jouant du fouet.

Pressés les uns contre les autres, Yanis, Hugo, Fatou et Vicky ont mal aux fesses, aux bras, aux jambes. À chaque seconde sa frayeur. Dès le début, Hugo est passé par-dessus bord. Le traîneau a continué sans lui. Il a dû courir, poursuivi par les chiens du traîneau suivant, qui tentaient de le croquer en passant.

À l'horizon, un soleil jaune pâle s'élève au-dessus de la mer glacée. Le convoi s'arrête de temps en temps au milieu de ces paysages grandioses. L'équipage en profite pour boire du thé chaud et faire de l'exercice, pour ne pas se refroidir encore plus.

Pendant ce temps, Peter, Ole, Pipaluk et Hugo grimpent en haut d'icebergs piégés par la glace. Ils scrutent la banquise avec leurs jumelles, à la recherche des zones où elle est la plus solide. Hugo trace avec eux le chemin sur la carte et relève les points GPS. Il faut à tout prix éviter de traverser les parties les plus fines où les traîneaux risqueraient de traverser la glace, une perspective peu enviable pour les passagers.

C'est pendant l'une de ces pauses que Pipaluk repère un phoque au loin.

— Il est trop beau ! commente Vicky en le regardant dans ses jumelles.

— Sa peau a l'air encore plus douce que Bébélouga, ajoute Hugo.

Mais Ole n'est pas là pour caresser les moustaches de cette peluche vivante. Il retourne à son traîneau et saisit son fusil ainsi qu'une toile carrée blanche qui ressemble à une petite voile de bateau, posée sur un socle en bois monté sur deux petits skis. Alice demande le silence. Les chiens, habitués à cette situation, ont cessé d'aboyer pour ne pas effrayer l'animal. Yanis bouillonne : *mais il ne va pas tuer le phoque, quand même ?*

Tout va très vite. Caché derrière sa toile de la même couleur que la glace, Ole avance sur la banquise.

Il est presque couché sur le sol, le phoque ne peut pas le repérer. Une fois à bonne distance, le chasseur arme son fusil, prêt à tirer. Fatou ne veut pas voir ça. Vicky, elle, ne cesse de faire des photos. C'était la même chose chez les Aborigènes, en Australie. Un coup de feu se fait entendre dans l'atmosphère de coton de la banquise. Touché ! Le phoque est mort sur le coup. Une flaque de sang coule devant lui. Peter et Pipaluk vont rejoindre Ole en courant. Dans les jours qui viennent, leur proie leur apportera une bonne partie de la nourriture dont ils ont besoin. Ils partageront la viande avec leurs chiens.

Après cette scène, l'ambiance du campement du soir est un peu terne. Au menu du jour : pâtes lyophilisées pour la Team Aventure, soupe chinoise et phoque pour les groenlandais. Le repas terminé, Peter, son fusil sur l'épaule, part stocker toute la nourriture loin du campement. Ils sont sur le territoire des ours polaires ; autant ne pas les attirer près des tentes. Cette nuit, Alice, Ole, Peter et Pipaluk vont se relayer pour monter la garde.

Avant d'aller se coucher, Vicky veut interviewer Pipaluk sur sa vie. Elle est fascinée par cette jeune Inuit avec son pantalon en peau d'ours, ses cheveux dorés et ses piercings, et Pipaluk se prête volontiers au jeu. Elle s'assoit sur un traîneau, devant les chiens regroupés dans la neige. Vicky règle sa caméra et prend des airs de Steven Spielberg.

— Silence ! Moteur ! Action ! Pipaluk, qu'est-ce que tu veux faire plus tard ? lui demande Vicky, à genoux derrière la caméra. Tu veux rester dans ton village ou partir ?

— Ça, ce n'est pas facile. Je ne suis jamais allée dans une ville comme Annecy. Mais, quand je vois la France ou les États-Unis à la télé, ça me fait rêver. Ça a l'air tellement grand ! Il y a plein de jeunes. Mais au bout d'un moment, le village, mes parents... Je pense qu'ils me manqueraient beaucoup.

L'interview de Pipaluk terminée, son père vient s'asseoir à côté d'elle. Pendant que Vicky fait la mise au point, il tire la langue et fait des grimaces. Pas de quoi faire rire Yanis, qui parle peu depuis qu'Ole a tué le phoque. Ses yeux noirs traduisent sa colère. Cela n'a pas échappé à Alice, qui le pousse à interroger le chasseur.

— Pourquoi tu as abattu le phoque tout à l'heure ? attaque Yanis d'entrée de jeu. Tu ne peux pas manger autre chose ?

Ole réfléchit quelques instants puis répond d'une voix calme :

— Tu sais Yanis, ici, c'est différent de chez toi. C'est grâce à la chasse au phoque, à l'ours ou au narval qu'on peut vivre. Tu as vu les rayons du supermarché ? Ils ne proposent que très peu de choses. On est tellement loin de tout, il y a tellement de glace, qu'il faut attendre des semaines pour qu'un bateau passe et ravitaille le magasin. Et puis, comment pourrait-on faire pousser des légumes ou des fruits ?

— D'accord, mais c'est cruel de tuer des phoques ou des ours, rétorque l'intervieweur.

— Je comprends ce que tu veux dire. Mais on ne prend que ce dont on a besoin. On ne chasse pas pour le plaisir.

— Comme mes grands-parents, intervient Hugo, debout derrière Yanis et Vicky. Ils avaient une ferme avec des poules et des lapins, qu'on mangeait.

— C'est sûr que c'est moins dégoûtant que les abattoirs en France, renchérit Fatou. J'ai vu un reportage où ils tuaient des milliers de vaches, tout ça pour faire des hamburgers. C'était flippant.

À ces mots, Yanis oublie son costume de défenseur de la cause animale et se met à rêver d'un énorme Big Mac au fromage jaune fluo comme sa veste, coulant sur les côtés du sandwich. Mais retour à la réalité : sur cette banquise déserte, le premier Mac Do est à des milliers de kilomètres. Yanis comprend ce que lui explique Ole, mais il reste partagé.

Fin de la discussion, il est temps d'aller se coucher. Blottis dans leurs épais sacs de couchage comme des petits ours dans le pelage de leur mère, Fatou, Yanis, Vicky et Hugo se serrent les uns contre les autres pour se tenir chaud. Hugo a le nez dans les cheveux noirs de Fatou et n'ose plus bouger. Fatou, elle, pense à sa mère. Si elle savait qu'elle dort ici, dans le froid, entourée par des ours polaires, elle viendrait la chercher à pied pour la ramener à la maison !

Le lendemain matin, alors que le soleil est masqué par un tapis de nuages, le convoi repart. Le décor est déroutant. Impossible pour les aventuriers de discerner la glace du ciel. Faute de soleil, il fait extrêmement froid. Enfin, un immense chenal noir, large comme une grande rivière, apparaît au loin, au milieu de la banquise. Les traîneaux s'arrêtent. Alice et Ole sortent leurs jumelles et scrutent l'horizon, pendant que le reste de l'équipe fait un peu d'exercice pour se réchauffer. Une fois la séance de sport terminée, les quatre aventuriers et leurs copains inuit rejoignent tranquillement Alice et Ole avant de les bombarder de boules de neige et de repartir en criant, ce qui leur vaut de terribles représailles et une franche rigolade.

Alice réunit ensuite son équipe autour d'elle. Elle déploie une carte plastifiée sur son traîneau et leur montre où ils se trouvent. La fin de la traversée est proche. Le petit groupe va installer son campement près du chenal d'eau de mer.

— Normalement, les narvals devraient passer ici, annonce Alice. On va donc les attendre, mais ça peut prendre plusieurs jours.

Une fois parvenus près du chenal, les voyageurs se répartissent les tâches. Hugo et Fatou préparent la tente, Yanis et Vicky se chargent du repas. Puis, avant d'aller dormir, toute l'équipe se réunit autour de Peter.

— Les narvals peuvent surgir à n'importe quelle heure, explique-t-il. Avec mon père et Pipaluk on va surveiller le chenal toute la nuit. Demain matin, ce sera votre tour.

— Une dernière chose, insiste Ole d'un ton grave. Ne vous approchez pas de l'eau sans nous et surtout, ne vous écartez jamais du campement tout seuls. Ça peut être très dangereux.

Les aventuriers ne se font pas prier pour rentrer dans leur tente, où règne une odeur d'écurie. Des fous rires s'échappent de leur tanière jusqu'à ce que la fatigue ait raison d'eux.

— Ils sont sacrément courageux, confie Ole à Alice. Ce sont de vrais Groenlandais maintenant.

Pipaluk, le fusil en bandoulière, les jumelles autour du cou, est la première à monter la garde. Ole et Alice, eux, s'éloignent du campement pendant quelques instants. Le vieux chasseur est inquiet, et se confie à Alice. En arrivant, il a repéré des traces d'ours encore fraîches. Les coussinets et les griffes imposantes de l'animal sont parfaitement dessinés dans la neige. Plus que jamais, il va falloir être très vigilant.

CHAPITRE 8
SUEURS FROIDES

À quoi ressemble l'ennui au Groenland ? Yanis, Hugo, Fatou et Vicky en font l'expérience dès le lendemain. Des parties de cartes, un petit match de foot sur la banquise, des exercices pour ne pas mourir de froid et après, plus rien. Juste l'attente au beau milieu d'un congélateur naturel, absolument désert. Dès que la météo l'autorise, les aventuriers mettent les kayaks à l'eau et s'entraînent au lancer de harpon avec Ole et Peter. Alice est satisfaite : elle est désormais convaincue qu'ils sont prêts pour baliser les narvals. Mais, après deux jours, la neige enserre le campement dans un épais rideau blanc. Impossible de sortir de la tente. Yanis,

Fatou, Hugo et Vicky patientent en lisant, en discutant, en dormant dans leurs sacs de couchage, pendant qu'Ole, Peter, Alice et Pipaluk montent la garde dehors. Fort heureusement, les narvals ont la bonne idée de ne pas se présenter par cette météo.

Après vingt-quatre heures de confinement, le soleil revient enfin. La lumière, qui inonde la banquise,

revigore le moral des troupes, mais Alice voit bien que toute l'équipe est tendue. Hugo, Yanis, Fatou et Vicky en ont marre d'attendre et commencent à se plaindre. Ils doutent de la venue des licornes de mer.

Pour conserver la cohésion de l'équipe, il faut de l'action, se dit Alice, qui les force donc à s'occuper.

Peter part faire un tour en traîneau avec les garçons. Vicky, elle, propose à Pipaluk de réaliser son portrait. La jeune Inuit la rejoint sous la tente et pose devant elle à genoux, le port de tête haut comme la Joconde. De son côté, Fatou aide Alice à préparer les balises destinées aux narvals. La cheffe d'expédition les a posées sur une table métallique dépliée sur la banquise. Fatou les inspecte avec attention. Elle est étonnée par leur petite taille. On dirait des boîtes d'allumettes bourrées d'électronique. Sur le dessus se dresse une antenne, tandis qu'à l'avant jaillit une petite pointe qui se plantera dans la chair du narval. Fatou frissonne.

— Ça doit être violent pour eux, dit-elle en montrant la pointe. Tu imagines si un narval surgissait dans la rue et nous tirait une balise dessus ?

— Vu comme ils sont gros et gras, ça doit être aussi douloureux que lorsqu'on te fait une prise de sang, plaisante Alice. Mais c'est sûr que ça ne doit pas être agréable. C'est pour ça qu'il faut être rapide, pour ne pas trop les stresser.

— Ce ne serait pas plus simple d'attraper les narvals dans un filet avant de leur fixer les balises ?

— C'est ce qu'on fait d'habitude. Mais, dans cette région, on a essayé plusieurs fois et ça ne marche pas. On n'arrive pas à les attraper au filet. C'est pour ça qu'on a dû inventer une autre technique.

Fatou et Alice emboîtent les balises Argos dans de petits réceptacles, installés au bout des harpons.

— Dès que la pointe va toucher le narval, la balise va se décrocher, explique Alice. Elle va rester agrippée à l'animal pendant plusieurs semaines, et c'est grâce à elle qu'on va pouvoir le suivre.

À la fin de la journée, Fatou, Vicky, Hugo et Yanis ont retrouvé le sourire. Le soleil offre à nouveau ses plus belles lumières arctiques. Les garçons se portent volontaires pour préparer le dîner. Au menu de ce soir : paëlla au poulet lyophilisée. Yanis fait chauffer de l'eau et la verse dans les sachets individuels qui contiennent la poudre déshydratée. La voilà qui se transforme en une bouillie de paëlla, abominable en temps normal, mais succulente dans le froid polaire.

— Quand je vais dire à mon père que je sais cuisiner la paëlla, il va être super impressionné, se vante Yanis.

— Je pense que tu peux cartonner à Top Chef, s'ils font une émission spéciale « nourriture en poudre », lui répond Fatou.

Alors que les aventuriers se régalent dans la tente où ils prennent leurs repas, les chiens se mettent soudain à aboyer, tous en même temps. Dehors, Ole, Peter et Pipaluk ont des échanges animés. À regret, les affamés abandonnent leur paëlla pour voir ce qui se passe : et si les narvals étaient enfin arrivés ?

Les trois Inuits sont debout, les fusils bien en main. Comme les chiens, tous regardent dans la même direction.

— C'est quoi ce truc blanc dans l'eau ? demande Vicky en scrutant l'horizon, alors que les aboiements se font plus insistants encore.

Hugo sort ses jumelles et regarde dans la direction indiquée par Vicky. Sur la mer sombre flotte une espèce de grosse boule de bowling claire. La tête d'un ours polaire ! On distingue très bien ses grandes oreilles rondes, ses yeux et sa large truffe noire. Il nage au beau milieu du chenal libéré par la banquise. Les aventuriers sont partagés entre fascination et effroi. La tension qui se lit sur les visages d'Ole, Peter et Pipaluk n'est pas pour les rassurer.

— Alice, tu penses qu'il va nous attaquer ? demande Fatou, inquiète.

— Restez calme, répond-elle. Laissez faire Ole et surtout restez bien groupés. Il a beaucoup moins de chance de nous approcher si on est tous ensemble.

Machinalement, les quatre aventuriers se rapprochent les uns des autres. L'ours nage maintenant à une cinquantaine de mètres au large du campement. Jamais il n'a été aussi près. Ole le suit des yeux, le fusil en joue. À sa demande, Pipaluk et Peter surveillent les alentours du campement. Et si d'autres ours se trouvaient dans les parages ?

Dans l'immédiat, l'animal arrive à la hauteur d'un petit iceberg. Il regarde en direction du groupe. Une sueur froide coule dans le dos d'Hugo, persuadé que c'est lui qu'il observe. Il en est convaincu : l'ours l'a choisi pour proie !

— On peut lui laisser toute notre nourriture et partir d'ici, non ? bredouille-t-il, la peur dans la voix.

— Pas question de fuir, répond la cheffe d'expédition. Il est trop proche et très rapide. S'il sort de l'eau et qu'il nous poursuit, il y aura des dégâts.

Le prédateur pose enfin ses grosses pattes avant sur le petit iceberg et propulse son corps majestueux hors de l'eau. Un étrange face à face commence entre le groupe d'aventuriers polaires et le roi de la banquise. Il s'ébroue pour chasser l'eau qui alourdit son pelage, puis reste immobile, debout sur ses quatre pattes. Les chiens redoublent d'aboiements, ce qui ne semble pas le perturber le moins du monde.

— C'est un jeune mâle, glisse Ole à Alice. Il est très maigre. Il doit être affamé.

Les ados se tournent vers Alice, comme ils en ont

l'habitude, mais elle ne prend plus la peine de leur donner la traduction. Pendant les longues minutes que dure ce conciliabule animé, l'ours ne les lâche pas du regard.

— Les jeunes, vous allez enlever vos vestes tranquillement, ordonne tout à coup Alice.

— Mais il fait super froid ! proteste Vicky.

— Fais ce que je te dis, Vicky ! insiste sèchement Alice.

Les aventuriers s'exécutent sans comprendre. Alice demande ensuite à Fatou et Yanis de reculer doucement jusqu'à la tente et d'en rapporter des casseroles. Les deux désignés échangent un regard interdit. Fatou sent ses jambes qui flageolent de peur.

— Qu'est-ce qu'elle veut qu'on fasse avec ça ? s'énerve Yanis une fois à l'intérieur.

— J'en sais rien. Dépêche-toi ! lui répond Fatou, qui pense à ses petits frères, à sa tante, à sa mère.

À son père aussi. Jamais elle n'avait imaginé qu'elle pourrait ne pas les revoir.

À leur retour, Peter et Pipaluk se saisissent des ustensiles de cuisine. Ole reste sur ses gardes, prêt à tirer si besoin.

— Bien. À mon signal, vous allez agiter vos vestes au-dessus de vos têtes en criant de toutes vos forces, ordonne Alice. Pipaluk et son frère vont aussi faire du bruit pour tenter de l'effrayer. On y va !

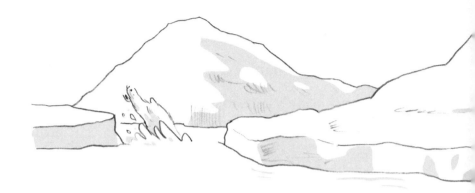

Yanis, Fatou, Vicky et Hugo s'exécutent pendant que Peter et Pipaluk se lancent dans un monstrueux concert de casseroles. Sur sa plaque de glace, l'ours regarde le spectacle. Il paraît intrigué mais ne bouge pas. Puis, alors que le bruit redouble, il s'affaisse sur ses pattes arrière et plonge avec détermination avant de disparaître sous l'eau.

— Il est parti ! Il est parti ! C'est génial ! crie Hugo comme si on l'avait arraché aux griffes d'un monstre.

— Restez concentrés. Continuez à regarder l'océan. Il faut qu'on le retrouve, commande Alice, inquiète. Et reculez vers les traîneaux !

Sa crainte est de voir ressortir l'ours tout près du groupe. Pour le moment, nulle trace du prédateur. Ole, Pipaluk et Peter ne lâchent ni leurs jumelles ni leurs armes. Ils scrutent toutes les directions.

— Je le vois ! Il est juste en face ! annonce enfin Pipaluk.

De l'autre côté du chenal, l'ours est en train de remonter sur la banquise. Il a nagé en ligne droite depuis le petit iceberg. Il court maintenant dans la direction opposée au campement et se retourne parfois avant de reprendre sa route. Les trois Inuits le traquent jusqu'à ce qu'il disparaisse. Un énorme soulagement s'empare de la

Team Aventure. Alice réconforte les quatre adolescents, qui improvisent un câlin géant. Elle les remercie d'avoir su garder leur sang froid et d'avoir été si courageux.

— On est d'accord qu'il était dix fois plus gros qu'une vache ? bégaie Yanis, les yeux écarquillés.

— C'est clair, acquiesce Hugo, livide. J'espère juste qu'on n'en reverra plus. Un ours ça m'a suffi.

Malgré les efforts d'Alice pour les apaiser, les quatre aventuriers ne sont pas franchement rassurés.

— Ça serait peut-être plus sûr que tu dormes avec nous Alice, propose Yanis comme si de rien n'était.

— D'accord, mais à une condition : que tu me laisses Bébélouga. Je sais que tu le gardes dans tes bras toutes les nuits, répond Alice pour détendre l'atmosphère.

— C'est pas vrai ! Qui t'a dit ça ? s'insurge Yanis, tandis que, Fatou, Hugo et Vicky esquissent enfin un sourire.

Les aventuriers vont se coucher. Ole et Pipaluk, eux, restent dehors pour monter la garde. Dans quelques heures, ils seront remplacés par Peter et Alice. Dans la tente de la Team Aventure, une nuit sans sommeil commence. Il y a l'angoisse, certes, mais surtout les ronflements de la cheffe d'expédition. Alice s'est endormie d'une traite et les quatre ados ont l'impression d'être allongés à côté d'un tracteur.

Quand elle se lève pour prendre son tour de garde, elle trouve ses colocataires complètement réveillés.

— Les jeunes, je sais que vous avez eu peur, mais il faut dormir maintenant, leur dit-elle sur un ton de grande sœur protectrice.

Avec son départ, la nuit peut vraiment commencer. Les rêves de Yanis et Fatou sont peuplés d'ours polaires. À chaque bruit, Vicky sursaute et se redresse dans son sac de couchage, pour regarder autour d'elle. Hugo, lui, est déjà passé à autre chose. Il s'imagine en train de faire du skate avec Fatou, dans les rues d'Annecy, au milieu des icebergs. Mais un cri le tire brutalement de ses songes. La tête d'Alice apparaît dans l'ouverture de la tente :

— Tout le monde dehors, vite !

— Quoi ? Il y a un ours ? s'inquiète Fatou.

— Non ! Ce sont les narvals ! Ils arrivent !

CHAPITRE 9

AU PLUS PRÈS
DES LICORNES DE MER

À l'annonce d'Alice, Vicky, épuisée, se laisse tomber en arrière : on ne peut pas dire qu'elle ait envie d'aller faire du kayak à cette heure-ci ! Yanis, imperturbable, ne s'est même pas réveillé. Quant à Hugo, posé sur son coude, les yeux clignotants, il semble perdu quelque part entre le Groenland et Annecy. Fatou, elle, est déjà en train de s'habiller.

— On y va ? demande-t-elle à Hugo, qui trouve la motivation pour la suivre.

Le mouvement décide Vicky, qui leur emboîte le pas, mais Hugo doit pousser Yanis pour qu'il ouvre les yeux. Sur le campement, c'est le branle-bas de combat. Alice et Peter sont déjà en train de mettre les kayaks à l'eau. Pipaluk, elle, surveille les narvals comme le lait sur le feu. Il ne faut surtout pas les perdre de vue. Les quatre aventuriers la rejoignent en tenue d'expédition. Une vingtaine de licornes de mer avancent ensemble dans le soleil orangé du matin. Sur leur passage, de petits souffles jaillissent, comme des geysers. Parfois, leurs dents fendent la surface de l'eau.

— C'est magique, s'émerveille Vicky. On dirait des lances de chevaliers du Moyen-Âge !

— Par contre, je ne sais pas comment on va faire pour les harponner, s'inquiète Yanis. On ne voit qu'un tout petit bout de leur corps.

— On parie que, moi, j'y arrive ? lance Fatou, sûre d'elle.

Alice appelle son équipe : les narvals seront là dans quelques minutes. Mais, avant d'aller à l'eau, elle tient à leur donner ses consignes. Yanis, Hugo, Vicky et Fatou se mettent en cercle autour d'elle.

— Deux d'entre vous vont devoir harponner les narvals avec Ole et Peter. Je vous ai observés depuis qu'on est arrivé ici. Les plus à l'aise sont Fatou et Hugo. Les autres, ne le prenez pas mal, mais chacun doit faire ce qu'il maîtrise le mieux. Vicky, la journaliste de l'équipe, c'est toi. Tu viens sur l'eau avec moi. Je vais te filmer. Yanis, tu te charges du drone. Personne ne le pilote mieux que toi. Tu peux rester à terre avec Pipaluk. Elle va monter la garde pour protéger le campement. Est-ce que ça vous va ?

Les adolescents acquiescent. Yanis est un peu vexé mais, au fond, il préfère largement s'occuper de son drone. Vicky, elle, sait depuis le début qu'elle n'est pas la meilleure sur l'eau et son statut de journaliste vedette sur Télé Aventure lui convient parfaitement.

Les narvals approchent. Alice s'accroupit au milieu de son équipe. Elle sort une feuille de sa poche et dévoile un plan, fait à la main, qui représente la banquise, le plan d'eau et les narvals. Elle explique à chacun où se positionner. Hugo et Peter navigueront près de la rive du campement. Fatou et Ole partiront de l'autre côté du chenal. Alice et Vicky resteront en retrait, près du bord, pour ne pas gêner les opérations.

— J'ai une dernière chose à vous dire, poursuit Alice en regardant chaque aventurier dans les yeux. Au début, Ole et Peter n'étaient pas emballés pour que vous participiez. Ils ne voulaient pas que vous ayez un accident ou que vous fassiez fuir les narvals. J'ai insisté car je crois en vous. Maintenant, ils sont convaincus eux-aussi, mais si vous avez peur, dites-le moi et on fait autrement.

— Moi, je suis sûre que je vais y arriver, pas vrai, Hugo ? affirme Fatou sur le ton du défi.

— Évidement, Fatou. On va leur montrer qui est la Team Aventure !

Galvanisé par la répartie d'Hugo, Yanis tend la main devant lui, immédiatement suivi par les autres membres du cercle.

— On va faire un cri de guerre. Répétez après moi : pour la Team Aventure, Badabiiiiiiim ! Boum ! hurle-t-il, en levant sa main au ciel sur le dernier mot. Tout le groupe reproduit le cri. Les mousquetaires sont prêts : la mission peut commencer.

Vicky et Alice sont les premières à se mettre à l'eau. Dans son kayak, Vicky n'est pas très rassurée, mais elle fait confiance à Alice. Hugo et Peter rejoignent ensuite le chenal, suivis de Fatou et d'Ole. Le vieux chasseur a beau être le plus vieux, il est extrêmement rapide. Dans son embarcation, la boxeuse redouble d'efforts pour le suivre, tout en pagayant le plus délicatement possible.

Un silence de cathédrale s'installe sur le plan d'eau. À mesure que les narvals approchent, le bruit de leurs souffles se fait de plus en plus fort. L'océan s'anime de mille remous qui font tanguer les embarcations. De son côté, Vicky présente le journal, Bébélouga coincé sous son menton, entre sa veste jaune et son gilet de sauvetage.

— Bienvenue sur Télé Aventure, chuchote-t-elle. Ça y est, les narvals sont là. Dans quelques instants, nous allons essayer de poser les balises sur leur dos.

Bébélouga est super content. Les narvals, ce sont un peu ses cousins. J'espère juste qu'il ne va pas sauter dans l'eau parce que vu comme elle froide, je n'ai pas du tout envie d'aller le chercher.

Les licornes de mer sont maintenant tout proches. Peter et Hugo glissent sur l'eau délicatement jusqu'à s'en approcher au plus près. Depuis la banquise, Yanis filme les narvals en plans aériens. Les rayons du soleil qui pénètrent dans l'eau les habillent d'un halo de lumière.

Hugo a les mains moites. Les gros mâles doivent être trois fois plus grands que lui. Et s'ils renversaient son kayak ? Et s'il se prenait un coup de dent ? Un de ces requins polaires dont lui a parlé Yanis viendrait sûrement dévorer sa dépouille sanguinolante !

Peter, lui, est très à l'aise. Il se tourne vers Hugo et tend son pouce vers le haut pour lui demander si ça va. Hugo fait « oui » de la tête pour masquer son angoisse. Près des deux garçons, un narval s'est légèrement écarté du groupe. Peter le prend en chasse immédiatement. Hugo tente de suivre mais il pagaye trop fort. Peter lui fait de gros yeux. Il lève le harpon au-dessus de son épaule, prêt à tirer. Hugo ne perd pas une miette de la scène. Le chasseur a les yeux plissés. Le narval approche. On ne voit qu'un rond de peau qui sort de l'eau, mais son souffle se fait de plus en plus bruyant. Hugo se pétrifie comme une statue de cire quand Peter tire d'un coup sec. Touché ! La petite balise se plante dans sa peau puis se décroche, laissant derrière elle le harpon. Le narval, piqué, s'agite pendant quelques secondes avant de plonger. Les grosses vagues qu'il provoque remuent les kayaks, mais Peter maintient celui d'Hugo pour qu'il ne se retourne pas.

— L'actualité ne s'arrête jamais sur Télé Aventure, s'enthousiasme Vicky. L'équipe d'Hugo vient d'harponner un narval ! Elle mène 1 à 0 grâce à Peter. Il a tellement assuré, c'est impressionnant. On se retrouve dans quelques instants pour voir si Fatou et Ole parviennent à égaliser.

De l'autre côté du chenal, Fatou et Ole s'approchent à leur tour du groupe de narvals. L'angoisse monte. Fatou réalise avec effroi que le vieux chasseur ne porte pas de gilet de sauvetage. Les narvals, vus de près,

sont très impressionnants. Que faire ? Continuer ou renoncer ? Une grande dent de narval frôle son kayak. L'aventurière rejoint Ole à toute vitesse. Elle a soudain envie de rentrer. Elle désigne du doigt le campement à Ole, qui lui sourit. Les narvals sont juste à côté, mais il est extrêmement calme. Il tend sa main à Fatou, la serre dans un geste très amical et doux, apaisant. Il désigne alors Fatou du doigt, puis les narvals, et fait le geste du lancer de harpon. Fatou fait « non » de la tête, tandis qu'Ole lui répond par des « oui », avant de s'éloigner. L'aventurière, qui ne veut pas rester seule, n'a d'autre choix que de le suivre.

Trois narvals passent à une vingtaine de mètres devant leurs kayaks. Le chasseur accélère. Fatou serre les dents. Elle donne tout et le suit en faisant le moins de bruit possible. Ça y est, les licornes sont à portée de tir. Tout va très vite. Ole fait signe à Fatou de venir à sa hauteur. Elle plaque son kayak contre le sien. Le chasseur dresse son harpon au-dessus de son épaule et regarde Fatou qui l'imite sans attendre. Ole ne cesse de sourire, comme si c'était un jeu. Il pointe Fatou du doigt puis lui désigne un des narvals. La jeune Annécienne prend une grande inspiration, tandis que la licorne de mer nage doucement vers elle.

Fatou pense alors à son premier combat de boxe. À ce moment où, tétanisée, elle avait compris qu'elle ne pouvait plus reculer. Aux mots de son entraîneur : « Oublie la peur. Concentre-toi sur tes gestes et sur ton adversaire. Fais ce que tu as à faire et amuse-toi. » Le monde semble s'être éteint autour d'elle. Elle ne voit que le narval, son souffle, sa dent qui sort parfois de l'eau. Ole lui fait signe d'attendre. Lui a baissé son harpon : Fatou sera la seule à tirer. Elle n'attend plus que le signal. L'eau est parfaitement calme. Il n'y a pas de vent. Le soleil fait briller la glace et les montagnes de la côte qu'on aperçoit à l'horizon. Soudain, Ole tapote l'épaule de Fatou. Il faut tirer ! Dernier regard vers le narval. Fatou a le cœur proche de l'explosion. Elle inspire un bon coup, bloque sa respiration et jette le harpon sur sa cible.

— Nous interrompons nos programmes sur Télé Aventure car Fatou vient de tirer sur un narval, raconte Vicky, ses jumelles devant les yeux. L'a-t-elle touché ? Le suspense est à son comble ! Nous allons le savoir dans quelques instants.

Depuis le campement, Yanis survole la scène avec son drone, assez haut pour ne pas perturber les licornes de mer. À ses côtés, Pipaluk regarde le petit écran de contrôle. La manière dont son père guide Fatou l'émeut profondément. Elle se revoit, enfant, quand il lui apprenait à faire du kayak. Aussi, lorsque le harpon percute le narval, elle lève les bras au ciel et saute de joie, en secouant Yanis qui en perd le contrôle de son drone pendant quelques secondes.

Fatou a réussi ! Elle est complètement liquéfiée et expire enfin. Ole, heureux, se met à rire. En bonne élève, Fatou se tourne dans sa direction et lui demande de se taire pour ne pas effrayer les narvals. Ole met alors la main devant sa bouche comme un petit garçon pris les doigts dans le pot de confiture. Puis il s'approche de Fatou et lui tape dans la paume.

Tandis que les narvals s'éloignent vers de nouveaux horizons, les kayaks reviennent à terre lentement.

Fatou et Hugo retrouvent Yanis et Vicky à terre et, tous ensemble, ils poussent leur cri de guerre :

— Pour la Team Aventure, badabiiiiiiim ! Boum !

Hugo félicite Fatou. Ole, Peter et Pipaluk exultent eux aussi en se donnant de longues accolades. La mission est parfaitement réussie. Les aventuriers et leurs guides trinquent avec du thé chaud et mangent pour reprendre des forces. Vicky et Fatou ont préparé le repas : pâtes à la carbonara (en poudre). Mais Yanis, qui est musulman, ne peut en manger car il y a du porc dans ces pâtes. Malheureusement pour lui, ce sont les seuls sachets qui restent dans la réserve des aventuriers. Après ces heures intenses, Yanis comme ses camarades, meurt de faim. Ole lui propose alors de partager la nourriture qu'il déguste avec ses enfants. Et voici Yanis, qui n'a pas vraiment le choix, contraint d'avaler des nouilles chinoises avec... de la viande et de la graisse de phoque ! « Tu vois, c'est essentiel de savoir chasser ici », lui glisse Ole, malicieux. Tout au long du repas, chacun commente ces moments complètement fous. Hugo jure qu'il aurait pu tirer mais que Peter était mieux placé que lui.

— L'essentiel, c'est l'équipe. Pas moi, analyse-t-il, grand seigneur, en avalant son sachet de carbonara, comme un goinfre.

Mais l'heure de retourner à Aappilattoq a sonné. La météo est bonne et Ole veut avancer le plus possible tant qu'il y a du soleil.

Yanis, Hugo, Fatou et Vicky regardent une dernière fois cet endroit magique, où ils ont vécu tant d'émotions. Puis ils prennent une ultime photo de groupe, avec Bébélouga, sur la banquise.

— Un ours ! crie soudain Yanis.

Le groupe se tourne comme un seul homme.

— Non, je rigole, ajoute-t-il en se gondolant de rire.

Les autres se jettent alors sur lui et le recouvrent de neige.

Les quatre traîneaux quittent les lieux, rendant au silence cette parcelle du monde. Peter, Alice, Ole et Pipaluk donnent du fouet et crient de joie. Les chiens aboient à s'en étrangler. Il est temps de rentrer à la maison.

CHAPITRE 10
L'ADIEU AU GRAND NORD

Le bruit de l'hélicoptère gronde dans le ciel d'Aappilattoq. Il survole maintenant les montagnes qui surplombent l'océan, plus au sud. Yanis, Hugo, Fatou et Vicky le regardent approcher du village. Tous les habitants sont venus leur dire adieu sur la piste d'atterrissage. Dans ces contrées reculées, les départs sont toujours plus poignants qu'ailleurs. Ceux qui se présentent devant les voyageurs annéciens leur serrent la main, leur touchent les joues, les cheveux. Ils savent qu'ils ont très peu de chances de les revoir un jour. L'engin posé et les affaires chargées, les quatre aventuriers ont du mal à partir. Ils se sont attachés à ce village, à ces gens qui les ont si bien accueillis. Yanis aimerait retourner en arrière, jouer au foot sur la banquise, faire du kayak.

— Les jeunes, c'est le moment, il faut partir, annonce soudain Alice.

Fatou embrasse les enfants de l'école un par un. Elle pleure et promet de leur envoyer des cartes postales de France. Ole la prend dans ses bras, avec son éternel sourire sur le visage. Hugo, Yanis et Vicky ont les larmes aux yeux, eux aussi. Ils disent au revoir à leur ami inuit dans une longue étreinte fraternelle. « *Qujanaq Ole* » – « Merci Ole », en groenlandais.

— Yanis, j'ai préparé des petites choses de chez nous pour remercier ton père pour ses pâtisseries, dit alors Ole. Une boîte pleine d'yeux de phoques bien frais.

Le visage de Yanis se décompose. Ole rit de bon cœur :

— Je plaisante. J'espère que vous avez appris à aimer notre culture. Vous serez toujours les bienvenus. On ne vous oubliera jamais.

Pipaluk et Peter disent adieu à leur tour, en enla-
çant les quatre aventuriers. Vicky est fébrile.

— Maintenant, c'est à toi de venir nous voir à
Annecy, Peter, lui suggère-t-elle, ce qui lui vaut un coup
d'œil inquisiteur de Fatou.

— Merci encore pour le dessin, Vicky, dit Pipaluk.
Je t'enverrai des pensées tous les soirs, comme ça on
restera en contact.

— Sinon, on peut aussi s'ajouter sur Facebook. C'est plus sûr, répond Vicky en riant.

L'hélicoptère s'élève enfin et fait un dernier tour au-dessus des maisons. Les aventuriers n'ont d'yeux que pour celle d'Ole, posée sur son promontoire rocheux face à la banquise. Puis le village s'éloigne. À terre, Peter, Ole et Pipaluk regardent l'hélicoptère jusqu'à ce qu'il disparaisse. Le vieux chasseur passe ses bras sur les épaules de ses deux enfants qu'il serre contre lui. Plus un bruit dans le ciel. La petite famille retourne alors vers le village où l'on entend les chiens aboyer.

Quelques heures plus tard, Yanis, Hugo, Fatou et Vicky embarquent à bord de l'avion qui doit les ramener en France. Alice est assise juste derrière eux et ronfle, comme d'habitude, un masque sur les yeux. Fatou écrit le dernier journal de bord : « Au revoir, Aappilattoq ». D'ici quelques heures, elle retrouvera sa famille. Dans son dernier email, sa tante lui a promis de venir la chercher à l'aéroport. Fatou imagine le dîner, dans la cuisine, avec ses petits frères et un interrogatoire en règle pour savoir tout ce qui s'est passé ces deux dernières semaines. Elle est curieuse de voir comment sa mère réagira en apprenant qu'elle a mangé de la soupe de phoque et qu'elle a failli être attaquée par un ours.

Hugo l'observe discrètement. Il ne s'attendait pas à ce que cette grande boxeuse lui plaise autant. S'imaginer reprendre les cours lui fait un pincement au cœur. *Le point positif*, se dit-il, *c'est qu'on sera jeudi : le jour des frites !*

Yanis, lui, pense à son père, qui doit sillonner les rues d'Annecy dans son taxi et attendre leurs retrouvailles avec impatience. Yanis lui a préparé un cadeau : un petit drapeau groenlandais, rouge et blanc. Il en a aussi acheté un pour monsieur Cheval.

Quant à Vicky, elle dessine, ses écouteurs sur les oreilles, bercée par la musique des Beatles.

« *Here comes the sun (doo doo doo doo)*
Here comes the sun, and I say
It's allright. »

Sur sa feuille, on voit les quatre aventuriers debout sur un iceberg. Ils portent leur veste jaune et leur salopette noire enfoncée dans leurs bottes. À leurs pieds, un narval intrigué sort la tête de l'eau. Fatou affiche son sourire de battante. Elle regarde Vicky, à sa gauche, timide sous ses cheveux blonds, une écharpe rouge et blanc autour du cou. Yanis, une casquette bleue sur la tête, a un genou à terre : il dévisage le narval avec étonnement et admiration pendant qu'Hugo, qui ne s'est aperçu de rien, est en train de faire un selfie avec le groupe.

Au-dessus des quatre aventuriers, Vicky inscrit, de sa plus belle écriture : « Opération Groenland ! »

Sur ce dernier dessin, elle ferme le carnet de cette incroyable expédition.

Bientôt, avec Yanis, Hugo et Fatou, elle s'envolera vers de nouvelles aventures. Et c'est en pensant à Peter, aux magnifiques narvals, à l'immense banquise et aux affectueux habitants d'Aappilattoq qu'elle s'enfonce tranquillement vers le monde des rêves, en serrant Bébélouga dans ses bras.

REMERCIEMENTS

Je tiens à remercier tout particulièrement Alice Khelifa-Gastine qui a inspiré ce récit et m'a épaulé à chaque instant. Manon Sautreau, mon éditrice, pour ses conseils, son intelligence, son imagination et son humour. Nicolas Dubreuil, mon ami des pôles. Élodie et Anthony, les entremetteurs. Alexandre Thévenin, Nadia et Franck-Yvan Sublet pour leur soutien. Chérile, Laure, Kévin et Mohamed, les pirates des Kerguelen. Les équipes de Ponant à Marseille, Hermione, Marion, Nicole et Pierre. Les équipages des bateaux sur lesquels j'ai navigué mais aussi les guides naturalistes avec qui j'ai eu la chance de travailler : Florence, Dimitri, José, Elsa, Rodrigo, Yann, Marilou, Louise, Aude, Michka, Jennifer, Ombline, Raphaël, Christophe, Barbara, Alain, Petra, Ben et tous les autres.

Merci aussi à mes parents qui m'ont toujours encouragé à aller voir le monde de mes propres yeux.

À Argan, Célian, Héloïse, Maël, Milan (X 2) et Zoé, futurs aventuriers.

N° 1
MAI 2017

ALLÔ, SORCIÈRES :
UNE SÉRIE ÉNERGIQUE ET
CONNECTÉE, AUTOUR D'UNE BANDE
DE FILLES QUI DÉCOIFFENT.

VISER LA LUNE

par Anne-Fleur Multon

Illustré par Diglee

De la rencontre d'Aliénor, Itaï, Azza et Maria
est née une chaîne Youtube et la volonté
de ne pas se laisser faire, surtout quand Itaï
se voit écartée d'un championnat d'e-sport
prétendument masculin.

#Girlpower #Ducôtéfilledelaforce #humour

N° 1
MAI 2017

TARZAN
PONEY MÉCHANT

CÉCILE ALIX

1,43 m au garrot
(on ne se moque pas)

Superbe crinière
(qui a besoin
d'une petite
coupe)

Poils blancs
éclatants
(sous la crasse)

Anglophone
(niveau 6ème)

Queue ultra
longue qui flotte
au vent

poulpe fictions

> NOS AMIES LES SALES BÊTE :
> UNE SÉRIE QUI EN DIT LONG
> SUR LE MAUVAIS POIL
> DES ANIMAUX.

TARZAN,
PONEY MÉCHANT

par Cécile Alix

Illustré par Louis Thomas

Un roman choc et franc du collier
qui dévoile les pensées secrètes et
inavouables d'un poney grognon.

#HUMOUR #impertinence #pourquoiest-ilsiméchant?

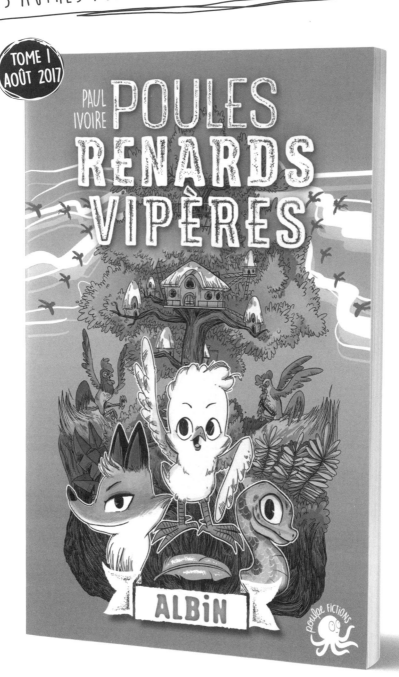

TOME 1
AOÛT 2017

PAUL IVOIRE

POULES
RENARDS
VIPÈRES

ALBIN

poulpe fictions

POULES, RENARDS, VIPÈRES :
UNE TRILOGIE D'AVENTURES
ÉPIQUES À HAUTEUR D'ANIMAUX.

ALBIN

par Paul Ivoire

Illustré par Miss Paty

Sur une île lointaine, habitent trois peuples
ennemis, les poules, les renards et les vipères,
chacun dans son territoire. Quand la guerre
menace, un poussin nommé Albin se retrouve
mêlé au conflit, aux côtés de Zora, la renarde
et Célis le vipéreau.

#Aventure #guerredeclans

POULPE FICTIONS EST CONNECTÉ !

Suivez-nous sur :

www.poulpe-fictions.fr

FACEBOOK (Editions Poulpe fictions)

Et YOUTUBE !